ての
生活

〜新しい自分との付き合い方〜

YOUR FIRST ZOMBIE LIFE

ゾンビ生活向上委員会
Zombie Lifestyle Improvement Committee

はじめに

ゾンビになってしまったけれど、何をどうすればよいのか全くわからない……この冊子はそういう方向けに書かれたゾンビのための生活マニュアルです。まずは第１章〜第３章をご覧ください。**ゾンビ生活に関する基礎知識が記載されています。**

かつては謂《いわ》れのない差別を受けることも多かったゾンビですが、現代では**世界総人口の４割弱がゾンビです。**もはやマイノリティな存在ではありません。日本を含む世界各国で教育や職業選択の自由が保障されているのはみなさんご存じの通りです。ですから、**あまり不安がらずに新しい自分を受け入れてあげてください。**

しかし、平等が保障されているとは言え、**ゾンビと人間では生活様式が大きく異なることもまた事実です。**食生活や体臭の違いによる不要な衝突を避けるため、住まいや学び・仕事の場を分けるなどの合理的な対応が求められることになります。また、公共の場では消臭剤を使うといったマナーを守ることも大切です（日常生活における注意点に関しては、第４章をご覧ください）。

覚えることが多くて、最初は大変かもしれません。でも、大丈夫。ひとつずつ学んでいけば、**新しい自分や新しい生活のことをきっと好きになれるはずです。**

あなたのゾンビ生活が、実り豊かなものとなりますように。

※尚、ゾンビという呼称は差別的な響きがあるため、〈新人類〉という呼称にすべきだという見方もあります。本書では現在の慣例を鑑みて、ゾンビと表記しています。

ゾンビ生活向上委員会
Zombie Lifestyle Improvement Committee

第1章

食生活について

最初は腐敗した食品を食べることに抵抗を感じるかもしれませんが、徐々に慣れてくるので安心してください。ゾンビの歯や胃腸は人間より丈夫なため、石や金属なども食べることができますが、食べすぎには注意しましょう。また、ゾンビの体質に合わないものの摂取は避けましょう。**基本的に「おいしい」「(食べて)気持ち悪くならない」と感じるものは摂取して問題ありません。**

摂取してはいけないもの

- **新鮮な水**
- **生鮮食品全般**

※最初は人間用の食事をしっかり熟成させてから食べるとよい
※石や金属などを食べるのは歯が生え変わってからにすること

ゾンビ特有の食生活に抵抗がある方にオススメな食べ物

納豆、チーズ、ヨーグルト、サラミなどの発酵食品

※科学的には発酵と腐敗の間に違いはないため、人間と同じものを食べることが可能
※詳しくは次ページの発酵食品一覧を参照のこと

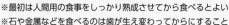

STORY

地球篇

1-1 西暦二五一九年、滅亡まで五四九年（女子高生、ゾンビになる）

「おめでとうございます。ゾンビの陽性反応が出ました」

西暦二五一九年六月二十日。医師が差し出した診断結果には〈ゾンビ（＋）〉との記載があり、私はがくりと肩を落とした。

「嘘《うそ》でしょ……ただの風邪だと思ってたのに」

目じりに涙が浮かぶ。なのに目の前の医師はすこぶるうれしそうに話を続けた。

「まあ、そう落ち込まないで。かくいう私もゾンビですし」

医師がそっと自分の右目を取り出し、私に向かって差し出した。取り出された眼球が、水槽から飛び出してしまった金魚のようにビクビク跳ねる。

「わ！　しまってください！」

「じきに慣れますよ。あ、これ生活マニュアルです。ちゃんと読んでくださいね。ハイ、それではお大事に。次の方どうぞ」

会計を待つ間、私は医師に手渡されたマニュアルに目を通した。

〈はじめてのゾンビ生活〉というタイトルだ。第一章は食生活について。

「えっと、確か新鮮な食べ物は食べちゃダメなんだよね。そうそう」

ゾンビは腐った物を好んで食べる。このご時世、それは常識である。

私は心の中で刺身と寿司《すし》に別れを告げた。

「ふむふむ、発酵食品は人間と同じものを食べても良い……なるほど」

科学的見地からすると、発酵と腐敗という現象に大差はないらしい。

好物の納豆はゾンビになっても食べられると知って、私の気持ちはやや上向いた。


会計を済ませた私は母親に電話する。

「そういうわけでさ、母さん。私の服とか二階にあげといて」

「あら、わかったわ。父さんによろしくね」

母親の態度は至って冷静だ。それもそのはず、十年前、私の父親はゾンビになった。ゾンビは空気感染も飛沫《ひまつ》感染もしないが、生活習慣が人間とはかなり異なる。住まいを分けるのが当然の習わしだ。

二十六世紀の住宅のスタンダードは二世帯住宅なのである。これは日本もイギリスもブラジルも変わらない。

「ちょっとあんたがうらやましいわ。父さんと一緒に暮らせるのだもの」

と、母親の述懐に私は少しだけ感傷的になった。

病院の出口で、私はバスを待つ。

かぐわしい香りが鼻孔をくすぐる。匂いの元をたどると、ごみ箱だった。

どうやら着実にゾンビ化は進行しているらしい。あと一週間もすれば、人間の歯は抜け落ち、立派な歯が生えてくるだろう。

「あら、あなたもゾンビ？　私もよ」

私の隣に座った老婆はお菊と名乗り、あるものを私に差し出した。

「検査で疲れたでしょう。さ、召し上がれ」

皮が真っ黒になったバナナを、私は黙って受け取った。朝から何も食べていない。お腹《なか》が空いていた。皮ごとむしゃむしゃとバナナを食べる私を、老婆が優しい眼差《まなざ》しで見守る。

「美味《おい》しいでしょう？　やっぱりバナナは腐ったものが一番よね」

老婆は自分の分のバナナにかぶりつきながらそう言った。まるで遠足に来たこどものような表情だ。

「……随分と、楽しそうですね」

「ええ。ゾンビになってからというもの、体が軽くて軽くて。今ではもう車を食べることだってできるわよ」

狼《おおかみ》のように鋭い牙を口の隙間からのぞかせ、老婆が笑う。

そうなのだ。この世界に、もうごみ問題は存在しない。ごみはゾンビの貴重な食料源だ。ゾンビは可燃ごみも不燃ごみも平等に食べてしまう。ゾンビはものすごい勢いで、地球を綺麗《きれい》にしているのだった。

昨今ではダーウィンの進化論にちなんで、ゾンビが人間の進化した姿であると主張する学者も多い。先ほどの医者が「おめでとうございます」と言ったのはそういうわけだ。

「さ、仕事仕事っと」

老婆は立ち上がると、ベンチ脇のごみ箱の蓋を開け、パクパクとごみを食べ始めた。

やがてバスがロータリーに入って来たので、私は立ち上がった。

「最初はみんな落ち込むのよ。でも大丈夫。あなたの大切な人も、きっとすぐこっち側に来てくれるわ。本当よ」

老婆の声に背を押されるようにして、私はバスに乗り込んだ。

バスがみるみるうちに国立ゾンビ感染症センターから遠ざかる。

家に帰ると、父親が夕食を準備して待っていた。母親から連絡を受け、会社を早退したらしい。

「またお前と食卓を囲める日が来るなんてなぁ……うぅ。さぁ、食事にしよう」

食卓には、アオカビの生えた天ぷらとごはんが並んでいる。このメニューに私は見覚えがあった。一週間前に母親が作った料理だ。どうやらゾンビの口に合うように熟成させていたらしい。

「……頂きます」

皿の上をぶんぶん飛び回るハエを手で追い払いながら、私はごはんを食べる。美味《おい》しい。自分の体が順調にゾンビになっていくのが悔しくて、私はぽろぽろと涙を流し、始まったばかりの高校生活を思った。ゾンビには特有の体臭があるから、クラスを替わらなければならない。せっかく今のクラスに慣れてきたところだったのに、悲しくて仕方がなかった。

「大丈夫だ、じきに慣れるさ。ゾンビの方が体が丈夫だから仕事も探しやすい。宇宙飛行士にだってなれるかもしれないぞ」

ゾンビ歴十年の父親がそう言って私を慰める。

そうなのだ。酸素や新鮮な食料を必要としないゾンビの需要は日に日に高まっている。故に、月面基地や火星の植民地で働く人はみなゾンビである。

人類の文明はゾンビによって支えられているのだ。


つけっぱなしのテレビから本日のニュースが流れる。

「人類の総人口に占める〈新人類〉の割合が四割を突破しました。パリでは〈新人類〉権利向上を求めるためのストライキが行われています」

「……新人類？　何それ？」

テレビにはデモ行進しているゾンビたちの姿が映しだされている。

聞きなれないフレーズに戸惑う私をよそに、父親はテレビの音量を上げ、興奮した面持ちで叫んだ。

「やったぞ！　ゾンビという呼称は本日をもって廃止された！　もう我々は卑屈になることはないんだ！　次の地球の主人は我々なのだから」

父親がいそいそと指を目のあたりに近づける。

「ちょっと、目玉くりぬかないでよ」

父親は何も答えず、私の前に拳をかざした。そっと開かれた手のひらの上には黒のカラーコンタクトレンズがあった。

恐る恐る顔を上げる。覚悟はしていたが、正視できるものではなかった。


ゾンビ特有の、深紅色の瞳――


本能的な恐怖にかられ、私は壁際《かべぎわ》まで飛びすさった。

父親は怖がる私を面白がるように、一歩ずつ距離をつめてくる。

「やめて。来ないで」

膝がガクガクと震え、私はその場にうずくまった。

さっきまで自分が座っていた椅子を手元に引き寄せ、バリケードにしようとするが、父親は薄ら笑いを浮かべると、私の手から椅子をもぎとった。

椅子をもぎとられた衝撃で、私は地面に倒れ込む。

父の足が、無遠慮に私の頭を踏んだ。

「――よくも今までバカにしてくれたな」

「違う。バカになんかしてない」

「いや、バカにした。俺を臭いと言って二階に追いやったのは誰だ？　感染を恐れて一度も見舞いに来なかったのは誰だ？　私はゾンビなんかにならない、と散々俺をバカにしたのは誰だ？　何でも食べられるからと言って残飯にガラスのかけらを紛れ込ませたのは誰だ？」

「ごめんなさい。ごめんなさい父さん。許して……」


急速に遠ざかる意識の中、私は〈はじめてのゾンビ生活〉の一節を思い出していた。

——尚《なお》、ゾンビという呼称は差別的な響きがあるため、〈新人類〉という呼称にすべきだという見方もあります——


そう、私は新人類。旧人類の黄昏《たそがれ》時代に生まれた命。

父の怒号を子守歌に、私はまぶたを閉じる。

今の自分の瞳の色は何色かなと考えながら。

1-2　西暦三〇六八年、滅亡の日（科学者は円環の夢を見るか）

西暦三〇六八年。滅亡の日は静かに訪れた。

同僚のウィリアムと共に計器のスイッチをテキパキと入れていく。老人たちの前だというのに、ウィリアムは不満を隠さない。

「どうもバカバカしい事態になったな」

「ああ、まったくだ」

今、俺たちの目の前にはタイムマシンがあった。試験運転は既に済んでいる。

「なあ、オーサー。未来は変わると思うか？」

「変わらない。何度試しても変わらなかった。だからもうこうするしかない」

「何だっけ。ええと……」

「〈これで歴史は完成する〉」

「そうそう。お偉方の考えていることはわからんぜ」

おほん、とウィリアムの非礼をとがめるかのような咳払《せきばら》いが室内に響く。

やがて被験者が連れてこられる。ひとりは男、ひとりは女。女は半分正気を失っているようだ。

「私はゾンビよ。人間じゃないわ、放して」

と、金切り声で叫んでいる。

女の発言に係員が駆け寄り、検査用のペンライトで女の瞳を照らす。確認が終わると、係員は首を横に振った。

「オールグリーン。新人類化の傾向、ありません」

なおも暴れる彼女に老人のひとりが声をかけた。

「ミス・ウォーカー。申し訳ないが決定は変えられない。あなたは過去へ行く。そこにいるミスター・スコットと共にね。始めてくれ」

タイムマシンのエンジンがようやく温まり、ウィーンと駆動音が部屋中に響く。

男はすでに抵抗する気力もないようで、タイムマシンの座席におとなしく乗り込んだ。

十分後、麻酔で眠らされた女が男の横に座らされる。

「座標、設定しました。転送を開始します」

合図を機に、俺を含む職員全員がサングラスをかける。新人類の瞳は光に弱い。サングラスは必須だ。


やがてまばゆい光が部屋中に広がり、タイムマシンが機器ごと姿を消した。

座標は二百万年前のアフリカ。人類誕生の地である。


「やれやれ。これでアダムとイブは誕生せり、か」

ウィリアムは煙草《たばこ》に火をつけた。


ミス・ウォーカーとミスター・スコットは最後の旧人類である。


新人類（旧称ゾンビ）の人口率が九割を超え始めた頃から、旧人類はバタバタと死んでいった。新人類の発する瘴気《しょうき》が原因らしかった。

旧人類最後のふたりを死ぬ前に昔の地球に送り届けることは、新人類のせめてもの罪滅ぼしとも言える。残念ながら俺たち新人類には繁殖能力はないから、土星まで生存圏を広げた新人類も、旧人類が死に絶えることで、あと百年かそこらで絶滅することになる。

これで全てが終わる。いや、終わりじゃない。口からこぼれ出たのは老人たちが好むあの言葉だ。

「永劫《えいごう》回帰だ」

「エイゴウカイキ？」

「古人の思想さ。世界は円環の如《ごと》く回りゆく。故に終わりは来ない。お前がここで煙草《たばこ》をくゆらせるということも、あらかじめ決まっているのさ。タイムマシンを使っても過去を変えることはできなかった。世界は回り続けるんだ――永遠に」

「メリーゴーランドみたいに？」

「そう。メリーゴーランドみたいに」

右手を差し出し、ウィリアムに煙草《たばこ》をねだる。

「吸うのか？　珍しいな」

「……いや。やっぱりやめておく」

「疲れてるんだよお前。さっきから小難しいことばかり言いやがって。後で一杯やろうぜ。あ、わかった。あの人間たちのことを気にしてるんだろ？　大丈夫、あいつらも今頃よろしくやっているだろうさ。新鮮な空気と新鮮な水に囲まれて」

新鮮な水？　ああ、おそろしい。新鮮な水は新人類にとって劇薬に値する。半ば反射的に肩をすくめた。

気分転換に空を眺める。空はいつも通りそこにあって、体の強張《こわば》りをほぐしてくれる。地球。母なる星。俺たちの故郷。

「美しい空だ。火星の空もいいが、やはり地球の空が一番だな」

実験の成功を祝福するように、研究室の外は雲ひとつない紫色の空だった。

新人類の瘴気《しょうき》によって紫色に染まった空だ。

しかし、もう誰もそれを気にする者はいない。新人類の瞳は深紅色だ。地球が青い空だった頃から、俺たちの見る空の色は紫色なのだから。

1-3　西暦二三一五年、滅亡まで七五三年（スクールカウンセラーは嘘《うそ》をつく）

西暦二三一五年六月。インターホンを鳴らし、反応を待つ。この仕事についてから何年も経《た》つけれど、この瞬間にはいまだに慣れない。

「どちら様ですか」

見知らぬ中年男性の姿を不審に思ったのか、インターホンから流れ出る声はとげとげしい。

「スクールカウンセラーの只野《ただの》健《けん》と申します。息子さんの一《はじめ》くんのことでお話が」

音もなくドアが開く。中に入れということらしい。

家に足を踏み入れると、独特の香りが鼻をついた。ビンゴ、と心の中でつぶやく。二十四世紀現在、青少年の不登校の原因のほとんどがゾンビ化あるいはゾンビ化に起因するいじめなのだ。

「他の家族は何ともないんです。どうして一《はじめ》だけが……」

「お母さん、あまり気を落とさないでください。一《はじめ》くんと話をしても？」

一《はじめ》の母親が階段を指さした。こども部屋は二階にあるらしい。

ようだ。

「私は一階のリビングにいますので」

それだけ言うとそそくさと母親は立ち去った。親の愛も、ゾンビの放つ腐臭の前には無力のようだ。

「一《はじめ》くん。私はスクールカウンセラーの只野《ただの》といいます。入ってもいいかな」

ドアの向こうで息をのむ気配がした。がさごそと物音がする。だが、ドアは開かれない。何度か呼びかけたが応答はなかった。今日も長丁場になるのだろうか。覚悟を決めようと深呼吸した時、蚊の鳴くような小さな声がした。一《はじめ》の声だ。

「……でも、僕、臭いよ？」

「大丈夫さ」

身をのりだして階段の下をのぞきこみ、母親がいないことを確認し、会話を続けた。

「実はおじさんもゾンビなんだ」

「本当!?」

一《はじめ》の声に希望の光が灯《とも》り、ドアが開かれる。

一《はじめ》のゾンビ化は相当進んでいるようで、瞳はすでに深紅色に変わっており、鼻は腐敗して陥没していた。

「ひとりでよく頑張ったな。まだ十歳なのにエライぞ」

一《はじめ》の目からぽろぽろと涙がこぼれる。こども部屋の中は荒れ果てており、壁紙がところどころはがれていた。おそらく一《はじめ》が食事代わりに食べたのだろう。異食はゾンビの能力のひとつだ。

一《はじめ》を安心させるためにあえて口を大きく開けて笑った。ゾンビ特有の歯がぎらりと光る。次はコンタクトだ。一《はじめ》と同じ深紅色の瞳が現れる。

「僕と同じだ」

人恋しかったのだろう。弾《はじ》かれたように一《はじめ》が俺の胸に飛び込んできた。泣きじゃくる一《はじめ》を抱きしめながら、部屋の様子をさりげなく観察した。部屋の片隅に黄色い液体が入ったペットボトルを見つけてしまって胸が痛む。一《はじめ》がトイレ代わりに使用したものに違いなかった。

一《はじめ》が泣《な》き止《や》むのを待ってから、慎重に尋ねる。

「お母さんは君が部屋の外に出るのを嫌がるかい？」

ゾンビになった我が子の現実が認められずに部屋に閉じ込める親は多い。場合によっては通報しなければならなかった。

例のペットボトルを指さすと、一《はじめ》は激しく首を横にふった。

「ううん！　違うよ。お母さんはそんなことしない。だけど、僕嫌なんだ……」

「嫌？」

「だって、トイレの側に鏡があるでしょ」

「ははあ。自分の姿が怖いんだな？　わかるよ。おじさんもそうだった」

一《はじめ》の額を軽く小突くと、一《はじめ》がくすりと笑った。こういう時、自分がゾンビでよかったと思える。

銀色のアタッシュケースを開け、道具を取り出した。防腐処理用《エンバーミング》の道具だ。

最悪の事態は免《まぬが》れそうで気分は軽い。

シリコンでできた偽物《にせもの》の鼻を一《はじめ》に見せながら言った。

「今からおじさんは魔法を使うよ。しばらくの間、目を閉じていなさい」

テキパキと防腐処理をほどこした。顔面の修復が終わったら、次は目だ。初めてのコンタクトに怯《おび》える一《はじめ》をなだめすかしながら、コンタクトをはめる。最後は消臭スプレーだ。医療用と異なり効果が薄いが、これは仕方ない。俺は医師じゃないから、できる処置に限りがあるのだ。

一《はじめ》にまた目を閉じるよう促し、一《はじめ》をおんぶしながら階下の洗面台に向かった。

「さぁ、目を開けてご覧」

一《はじめ》が恐る恐る目を開け、鏡に映った自分の姿を見て歓声をあげた。

「やった！　人間の頃の僕だ！　おじさん、ありがとう！」

一《はじめ》の元気な声を聞きつけ、母親が姿を現す。

母親は一《はじめ》に駆け寄り、きつく一《はじめ》を抱きしめた。言葉にならない嗚咽《おえつ》が母親ののどから漏れる。

「おじさんがね、魔法を使ってくれたんだよ」

一《はじめ》は嬉《うれ》しそうに母親を抱きしめ返した。

「簡単な防腐処理を施しました。一時しのぎではありますが……後できちんとした病院で診察してもらってください」

鏡に映った自分を見てめまいがした。コンタクトを外したままだ。急いで二階にあがり、コンタクトをつける。一階に戻ってから己の正体を隠していたことを一《はじめ》の母親にわびたが、彼女は怒らなかった。

「一《はじめ》くん。おじさんはお母さんとお話があるから、ちょっと自分の部屋に戻っていてもらえるかい？」

それから一時間、教本の〈はじめてのゾンビ生活〉を交えて、ゾンビ生活についての基本事項を母親にレクチャーした。

「以上です。質問等ございますか？」

はっと母親が息を呑《の》むのがわかったので、自分にかけた消臭スプレーの効果が消えたのではないかとヒヤヒヤした。だが、そうではなかった。母親は深呼吸をすると、期待と不安がないまぜになった目をして問うた。

「ゾンビとなった一《はじめ》に、この世を生きていく術《すべ》はあるのでしょうか」

正直に言うならば答えは「ノー」だろう。

ゾンビの人権擁護運動が盛んになりつつある現代でさえ、ゾンビの就職先を探すのは容易ではない。ホワイトカラーの仕事につける者は限られており、大半は工事現場やごみ処理施設での肉体労働に従事することになる。俺自身、今の就職先に決まるまでだいぶ苦労したのだ。

けれど、俺は嘘《うそ》をつく。こういう質問に対してはいつだってそうだ。

「私をご覧ください。大丈夫、ゾンビでも立派に生きていけますよ」、と。

こどもたちが自ら命を絶たぬように。前を向いて歩けるように。

「そうですね……そうですよね」

母親が己に言い聞かせるようにうなずいた。

「最後に、一《はじめ》くんにあいさつしてから帰りますね」

一《はじめ》の部屋をノックすると、目をきらきらさせた一《はじめ》が飛び出して来た。少年の手には原稿用紙が一枚。どうやら宿題の作文をしながら、話が終わるのを待っていたようだ。

「見て、おじさん。やっと書けたよ」

作文のタイトルは「将来の夢」。書き出しはこうだ。

僕の将来の夢はスクールカウンセラーです。

大きくなったら僕みたいにゾンビになって困っている人を助けるお仕事がしたいです、と。

将来の夢

四年二組

　僕の将来の夢はスクールカウンセラー

　大きくなったら僕みたいにゾンビになって困っている人を助けるお仕事がしたいで

　最近、僕はゾンビになりました。鏡にうつる真っ赤な目を初めて見た時、僕は泣きました。化け物みたいでこわいと思ったから

の部屋にいました

1-4　西暦二四四五年、滅亡まで六二三年（芸人は××をぽろりする）

西暦二四四五年十一月。若手芸人の陸《りく》の手元にはゾンビ検査の診断書があった。結果は陽性。

「俺の夢もこれで終わりか……。咲《さき》に謝らんとな」

陸《りく》は梅田にあるカラオケボックスに移動してから、相方の咲《さき》を呼び出した。

三十分後、ノックもせずにドアを勢いよく開けて咲《さき》が入って来た。

咲《さき》はずかずかと陸《りく》に歩み寄ると、何の前触れもなく陸《りく》の目に指を突っ込んだ。

「痛ッ。何すんねん」

「何《なに》て。深紅色の瞳見ようと思てん。あれ？　コンタクトは？」

「まだフェーズ2や。色が変わるのは来週くらいや」

「ふうん。目玉飛び出るんは？」

「……三週間後」

「よかった。グランプリには間に合うやん」

一か月後、東京でお笑いグランプリが開かれる。陸《りく》たちは予選に挑戦すること四回目にしてようやく出場権を手に入れたのだった。

「へ？　コンビ解消せえへんの？」

コンビを解消されると思い込んでいた陸《りく》は拍子抜けし、ぽかんと口を開けた。

「せえへんよ。何で？」

「だって俺臭いで」

「私が鼻栓したらええやないの。ハイ、台本。修正したから読んで」

陸《りく》は台本をぱらぱらとめくり、目をむいた。

ト書きに〈陸《りく》、コンタクトを外す〉〈陸《りく》、目玉をぽろりと落とす〉〈陸《りく》、鋭い歯でぼりぼり釘《くぎ》を食べる〉と、ゾンビネタが満載なのだ。

「ちょ、咲《さき》。これ無理やで」

「何で？　ムズイん？」

「ムズイも何もこれ、放送倫理に引っかかるで。グランプリはテレビで生放送されるのにこんな……」

ふ、と咲《さき》が不敵に笑う。

「でもオモロイやろ？」

ぐ、と陸《りく》が答えにつまる。ゾンビが一般的な存在となった今、巷《ちまた》ではゾンビネタが密《ひそ》かに市民権を得ている。ただ、テレビ局や出版界は人権擁護団体からの抗議を恐れ、ゾンビネタに手を出すことは決してない。

「芸人は目立ってナンボや。あんたこれやってみ？　絶対ウケルで」

〈ゼッタイウケルデ〉という芸人殺しの八文字にほだされた陸《りく》はしぶしぶ台本の変更を了承した。

「もし芸能界追放されたらお前も道連れにすんで」

「はは。そん時は路上ライブでもやろか。意外と儲《もう》かるかもしれんで？」

咲《さき》が鞄《かばん》の中からハリセンを取り出し素振りを始める。咲《さき》はオールドスタイルの漫才をこよなく愛する女である。憧れのオール阪神・巨人に近づくために古典の研究を怠らない彼女であった。

「さ、始めよか」

陸《りく》が台本を読み終えたことを確認し、咲《さき》が宣言する。

「へいへいっと」

彼らは知らない。

咲《さき》が考案し、陸《りく》が実行した〈目玉ぽろり芸〉がゾンビ層で絶大な支持を得て、スターへの階段を駆け上ることを。

彼らは知らない。

七十四年後、国立ゾンビ感染症センターの医師がゾンビ告知の度に目玉ぽろり芸をさく裂させ、患者を仰天させることになる（※１－１参照）ことを。

梅田のカラオケボックス。すべてはここから始まったのだった。

1-5　西暦二四四六年、滅亡まで六二二年（俳優はかく語りき）

※西暦二四四六年三月、ボストン・タイムズに掲載されたインタビューより抜粋

インタビュアー（以下、イと表記）：ではトム。カミングアウトから一か月経《た》ちましたが、ご自身の生活で変化はありましたか。

トム・イーストウッド（以下、トムと表記）：特に変わらないね。これは自分でも予期していなかったよ。こんなことならもっと早くにカミングアウトすべきだった。

イ：ご自身が監督となって映画を作るという噂《うわさ》がたっていますが事実でしょうか。

トム：それは事実だ。ゾンビを主題にした映画を撮りたいと思っている。コンタクトも化粧もしない、ありのままのゾンビの生活を映したドキュメンタリーだ。現在オーディションで出演

してくれるゾンビを募集中だ。もっとも、今のアメリカの法律ではR18にせざるをえないけれどね。

イ：「ありのままのゾンビの姿を上映することは青少年の育成に悪影響を及ぼす」という世間の風評に対しどう思われますか。

トム：馬鹿げてるね。今や人類の四人にひとりがゾンビだ。犯罪に手を染めたわけでもない我々がなぜこそこそ隠れて生活しなければならない？　人間たちに言ってやりたいよ。「僕たちが毎日コンタクトをはめるように、君らも毎日深紅色のコンタクトをはめるべきだ」って。

イ：ご自身がコンタクトをはめるのをやめたのは、そういった考えに起因するものですか。

トム：そうだね。そういう思いは前からあった。実際のきっかけは彼かな。リク・ムカイ（※1－4参照）。

イ：リク・ムカイ？

トム：昨年話題になった日本のコメディアンだ。君も見覚えがあるんじゃないか？

イ：ああ、彼ですね。コメディアン・グランプリのさなか、コンタクトを外しゾンビであることをカミングアウトしたという。

トム：彼は素晴らしくユーモアのある人間だよ……いや、ゾンビか。彼はゾンビであるというネガティブな事象を笑いに変えたんだ。ニュースでリクの存在を知った時、僕は悟ったんだ。自分を偽って生きることの虚《むな》しさに。すぐさまオオサカ行きのチケットを取って彼に会いに行ったよ。彼のパートナーのサキも素晴らしかったな。「彼がゾンビか人間かどうかなんてさほど重要じゃない」って言うんだ。そんな女性に僕も巡り合いたいと思ったものだよ。リクは幸せ者だね。

イ：ご自身の離婚の原因はゾンビ化にあるとお思いですか？

トム：その件についてはノーコメントだ。

イ：失礼しました。そろそろお時間ですが、ファンに一言お願いします。

トム：僕の行動は誰かを失望させたかもしれないが、それ以上に誰かの希望となるはずだという確信がある。どうか見守っていてほしい。

イ：――ありがとうございました。

1-6　西暦二二〇〇年、滅亡まで八六八年
(蜘蛛《くも》の余市)

おい、サダ公じゃねえか？　俺だよ俺、余市《よいち》だよ。

なんでい、ごみ箱なんて漁《あさ》って。え？　ゾンビになったって？　俺と一緒じゃねえか。

今日の夕飯はそれかい？　うわ、食えたもんじゃねえな。俺の家に来いよ。うまいもん食わせてやるよ。

さ、日本酒だ。遠慮せず飲め。火入れしていない生酒をあえて腐らせたやつだ。たまんねえ匂いだろ？

オイオイ、泣くことないじゃねえか。ムショでは碌《ろく》な飯を食えなかったと見える。

しかし時が経《た》つのはええな。今日で二十二世紀も終わりか。え？　この十年俺がどうしてたかって？　もちろん蜘蛛《くも》（注：高層マンションに侵入する泥棒のこと）よ。俺の指を見てみろよ。ちょうどよい塩梅《あんばい》に腐ってるだろ。これでコンクリートの壁にぴたりと貼りついて高層階まで登っていく仕組みなのさ。ま、いわば和製スパイダーマンってとこだな。

夏は稼ぎ時だ。高層階に住んでいる奴《やつ》らは油断して窓を開けっぱなしで寝ていたりするからな。昨日も一発やったところよ。この深紅色の瞳も役に立つぜ。暗闇が全然苦にならない。ゾンビになった時俺は歓声をあげたね。これでもっと稼げるってな。

そこでサダ公相談なんだが。俺ももう六十だ。ひとりで蜘蛛《くも》をやるのもきつくなってきた。手を組まねえか？

え？　無理だ？　堅気に戻りたいって？　ふうん。

ま、いい。気にせず飲め飲め。

これは何かって？　滋賀からわざわざ取り寄せた鮒《ふな》ずしさ。遠慮せず食いな。

──そうか、うまいか。そりゃ良かった。

ん？　何だ？　俺寝てたのか。そりゃすまない。終電だから帰る？　お前変わったな。昔は徹夜で飲んだりしたのに。しけた野郎だぜ。

さっきの話だけどな。気が変わったら連絡くれや。

気持ちは変わらないって？　馬鹿を言うなよサダ公。わかってるだろ？　ゾンビなんかに仕事はないって。お前さんよほど路上生活に戻りたいと見える。

いいか。お前のことは俺が一番よくわかってる。

お前は戻って来るよ。必ずな。そしていつかきっと俺に感謝する日が来る。

じゃあまたな。連絡待ってるぜ。

1-7 西暦二八三一年、滅亡まで二三七年（修道女の日記）

二八三一年四月八日
今日は私の十さいのたん生日。プレゼントはこの日記帳だ。パパとママは泣いていた。十さいになった女の子は親元をはなれて修道院でくらす決まりだ。
同室のキャシーはいい子そうでひとまず安心。
今日はひっこしでつかれた。もうねよう。

二八三一年十二月二十四日
パパとママからクリスマスプレゼントが届いた。パパからはチョコレート、ママからは手編みのセーター。手紙も入っていたけれど、黒い線がいっぱい引かれていて、読めたのは「愛してるよマリー。メリークリスマス！」だけだった。
キャシーによるとこれはシスターによる〈検閲〉というものらしい。
二さい年上のキャシーは物知りだ。今度色々聞いてみよう。

Dear Marie

24th, Dec. 2851

[redacted] We love you always.

Merry Christmas!

Lots of love, Mom and Dad

二八三二年八月一日
今日初めて生理がきた。ショーツがよごれて私は泣いてしまった。
「泣くことはありませんよマリー。これはすばらしいことですわ」とシスターがなぐさめてくれた。少しはずかしい。

二八三三年八月十日
今日授業で赤ちゃんがどうやってできるかを勉強した。
私たちが十八歳になったら、おなかに赤ちゃんの素《もと》を注入するらしい。変なの。だって昔ママは言ってた。ママとパパが出会って愛し合ったから私が生まれたって。

ママとパパに会いたい。

二八三五年十月十四日
今日キャシーに新人類化の兆候が現れた。
キャシーはもう新人類居住区に移送されたようで、さよならも言えなかった。

二八三七年四月八日
今日で私は十六歳になった。
ちっとも嬉《うれ》しくない。

二八三七年五月十三日
主は言われた。

「産めよ、増えよ、地に満ちよ」と。

シスターは言う。

「神は我々を選ばれたのです。ゾンビに子をなすことはできません。それは我々人間のみに与えられた崇高な使命なのです」と。

そんなの嫌だ。私は産む機械じゃない。

誰か助けて。

二八三八年一月一日
新人類人口率が75%を超えた。やった！
はやく私にも奇跡が起きてほしい。

二八三九年三月十五日
今朝嘔吐《おうと》した。新人類化の兆候?

二八三九年三月十七日
昨日こっそりごみ箱を漁《あさ》って残飯を食べてみた。残念ながらおいしいとは思わなかったけど、嘔吐《おうと》はなし。
後三週間で十八歳の誕生日が来てしまう。お願い神様、私を新人類にしてください。

二八三九年三月二十日
今日医務室に忍び込んで検査用のペンライトを使った。結果はオールグリーン。陰性だ。
悔しくて涙が出た。

二八三九年三月二十七日
この三日間、私は懲罰房にいた。
「あなたももう少しで大人の仲間入りね、マリー」と、私に声をかけたシスターに殴りかかったから……らしい。〈らしい〉というのは、そんなことをした記憶が私にないからだ。
医師の見立てによると私は一種の抑うつ状態にあるらしい。

現在私が感じている新人類化の兆候も私の妄想にすぎないのだろうか。

二八三九年三月三十一日
今日、用具入れから縄を拝借した。もしもの時のために。本当はナイフがよかったのだけれど手に入らなかったから仕方ない。

二八三九年四月一日
今日、部屋に新しい子が入って来た。名前はクリス。十歳になったばかりの女の子だ。
「泣くことないわよクリス。ここの暮らしは別に悪くないわ」
と、私は大嘘《おおうそ》をつきながら泣きじゃくるクリスを抱きしめた。まるで昔のキャシーみたいに。
キャシーは元気にしているかしら。会いたい。

二八三九年四月三日
やった！　勝利だ！
私の新人類化が確定した。検査で陽性が判明した途端、私は修道院を追い出された。持ち出せたのはこの日記帳だけ。でもそれでも構わない。
バスの運転手さんに携帯電話を借りて両親に電話する。パパとママは泣いていた。

「これで家族三人そろって暮らせるわね」だって。そうだ、パパとママは五年前に新人類になったのだった。会話を盗み聞きしていたバスの運転手さんも一緒に泣いてくれた。なんていい人だろう。

今、揺れるバスの中で日記を書いている。今この瞬間の気持ちを忘れたくないから。

外の世界に出たら何をしよう。そうだ、まず大学に行かなきゃ。

十歳の頃の私の夢は学校の先生だった。でも、せっかく新人類になったのだから月を目指してみるのもいいかもしれない。いつの世も宇宙飛行士は人気の職業だ。

こどもを産む以外のことだったら、新人類は何でもできる。

私は何にだってなれるのだ。

1-8　西暦二三一九年、滅亡まで七四九年（被験者の平凡なる一日）

西暦二三一九年、フロリダ州立ゾンビ感染症センター。

被験者であるジョージは妻であり担当医でもあるクラリスの話に耳を傾けた。


「夢みたいよジョージ。あなたがゾンビになるなんて」

「夫がゾンビになって喜ぶのは君くらいだろうね、クラリス」

「だって思う存分研究できるもの。さぁ、口を開いて」


時刻は朝の十時。実験開始だ。

ジョージは腹筋に力を込め、今日の試練に立ち向かう覚悟を決めた。

「健康状態に変わりはないみたいね。じゃ、始めましょ」

クラリスがテキパキとジョージを解体していく。


まずは目玉だ。

医療用ゴム手袋をつけたクラリスが要領よく目玉を取り出す。

ビチビチとはねる目玉をクラリスはそっとビーカーの中に入れた。机の上に置いておくと転がってしまい地面に落ちてしまうからだ。


次は鼻だ。

シリコンでできた偽物《にせもの》の鼻を取り除き、鼻周辺の腐敗具合を確認する。

「ちゃんと防腐剤が効いているみたいね。素晴らしいわ」

新薬の効果が立証されクラリスは満足気だ。


その次は腕だ。

クラリスがジョージの腕の付け根をぐるぐる回すと、腕がすぽんと抜けた。血が噴き出ることはない。ゾンビの血の粘度は人間よりはるかに高い。外気にさらされるとすぐに凝固するため、出血で死ぬ心配はなかった。


「次は下半身を検査しましょう」

クラリスがジョージのパンツを下着ごと引きずりおろす。目玉も腕もないジョージには抵抗する術《すべ》がない。クラリスの息が彼の男性器のあったところにかかり、ジョージは恥ずかしかった。ゾンビには生殖機能がない。必要がなくなったあそこは真っ先に腐って体から抜け落ちてしまうのだった。

「男性器に再生の兆候なし、と」

　クラリスがペンを走らせる音が無情にも部屋に響いた。

「クラリス。目を戻してくれないか。限界が近い」

　ジョージの眼窩《がんか》が疼《うず》き、限界を彼に知らせた。クラリスが慌てて目玉を元の場所にはめ込む。

「目玉の分離は二十分が限度、と」

「……ついでに腕も戻してくれるとありがたいんだが、ハニー」

「そうね。そうしましょう」

　実験開始から一時間後、ジョージはようやく元のゾンビ姿に戻った。

　鏡で全身をくまなくチェックするジョージ。今回の実験も無事切り抜けることができ、ジョージは神に感謝した。

「あらヤダ、もうこんな時間？　私行かなきゃ。ジョージ、実験器具の片づけお願いしてもいいかしら」

クラリスの外出はジョージにとっての休息を意味する。ジョージはホッとしながら答えた。

「もちろんだとも。学会かい？」

「違うわ。死刑に立ち会うのよ」

「……は？」

「なかなか死なないゾンビをあの手この手で殺すのよ。楽しみだわ」


ついにこの時が来たか、とジョージは思った。

近年、ゾンビによる凶悪犯罪が激増している。その中には死刑に処せられる者もいる。


しかし、ゾンビをどうやって殺すか？　これが問題なのである。


ゾンビは酸素がいらない。絞首刑《こうしゅけい》では殺せない。

ゾンビの消化機能は強い。毒薬では殺せない。

ゾンビは電流にも強い。電気椅子では殺せない。


「今日はギロチンを試すの。頭と胴体が分断されたゾンビが何分で死ぬのか楽しみだわ」

花も恥じらう乙女のように頬を薔薇色《ばらいろ》に染めたクラリスが、ジョージにそっと秘密を打ち明ける。

「ええと……君は……そう、素晴らしい《アメージング》」

称賛とも皮肉ともつかない言葉をジョージは口にしてしまったが、クラリスは前者と解釈したようだ。

「ありがとう、そう言ってくれて。私恵まれているわ。だって、あなたという理解者が常に側にいてくれるのだもの。愛してるわジョージ」

そう言うと、クラリスはジョージに抱き着いた。彼が人間だった頃と同じように。

「君はズルイな。僕も君を愛すよ。永遠にね」

白衣を血まみれにして笑うクラリスをジョージは愛おしく思った。

配偶者がゾンビになった途端離婚届を突きつける人間は多い。そう考えると自分は恵まれているのだ、とジョージは実験に伴う苦労を忘れ、幸せな気分に浸った。

「さぁハニー。白衣を着替えてから出かけるんだ。身だしなみは大切だからね」

「わかったわ。夕飯は一緒に食べましょう。約束よ」

新しい白衣に身を包んだクラリスが颯爽《さっそう》と出かけるのを、ジョージは誇らしげな思いで見送ったのだった。

1-9　西暦二五一九年、滅亡まで五四九年（グーマーは涙する）

西暦二五一九年八月。圭太《けいた》は泣いた。

彼のコレクションが屈強な黒服の男に運び去られていくのを黙って見守るしかなかったからだ。段ボール五箱分のコレクションがなくなったワンルームの部屋はがらんとしていて、圭太《けいた》に失ったものの大きさを否が応にも感じさせた。

「すまない。これも仕事でね」

段ボールを車に運び終えた黒服の男が申し訳なさそうに腰をかがめる。

黒服の男が妙に礼儀正しいのも圭太《けいた》の傷を深める一因であった。もっと図々《ずうずう》しい男だったら憎むことができたのに、と圭太《けいた》は思う。

「密告した奴《やつ》が誰か教えてください」

マコト、ウミ、タカ――三日前に部屋に遊びに来たメンツを圭太《けいた》は思い浮かべた。密告者はその三人のうちの誰かに相違なかった。

「すまない。密告者が誰か教えることはできない。これも規則でね。ちょっと失礼」

黒服の男がサングラスを外し、ハンカチで拭いた。サングラスの下に隠れていた深紅色の瞳が姿を現す。

「刑事さん。ゾンビ特課って本当にあるんですか」

生身の刑事に接するのは今回が初めての圭太《けいた》が好奇心を抑えきれずに質問する。

「ない。あったとしても一般人には教えない。君はどうやら映画やドラマの見すぎのようだ」

黒服の男、もとい刑事が空になった押入をこんこんと叩《たた》いて圭太《けいた》に忠告した。

「今回は初犯だから大目に見るが、今後は気をつけることだ」

刑事が好意でそう言ってくれているのはわかるが、圭太《けいた》はあえて反論したくなった。

「何でゾンビが出てくるゲームや映画を持ってちゃいけないんですか。俺だってゾンビなのに」

二か月前、国連で新人類憲章なるものが発表された。ゾンビという旧称はその日突然姿を消し、それまでグレーゾーンだったゾンビ関係の娯楽が一夜にして黒に変わった。

楽しみにしていたゾンビゲームの新作開発も白紙に戻ってしまい、ゲーマーの圭太《けいた》は意気消沈している。

「ゾンビという名称は最早存在しない。新人類だ。国際会議でそう決まった」

「ラベルを貼り替えたからって中身が変わるわけじゃない。俺はゾンビだ。そして刑事さん、あなたも」

ふむ、とつぶやいて刑事がサングラスをかけ直す。

「君は今、大学生だね。専攻は？」

「社会学です」

「なら危険思想学を受講したことがあるだろう。その時の教材は何を使ったのかね」

あ、と圭太《けいた》は驚きの声をあげた。

危険思想学講座で使われる教材はもちろん危険思想を題材とした教材だ。ゾンビを倒すことを目的としたゲームもその中に含まれる。


「これは私の独り言として聞いてほしい。君は今大学生だ。そのうち卒論を書くこともあるだろう。君は卒論を書くための題材——つまり研究目的でこれらの商品を買ったのだ。娯楽目的じゃない。卒論計画書に教授からの判をもらって、警察署に来るといい。全部とは言わないが、六割は君の手元に戻るだろう。ま、大学を卒業するまでの一時しのぎだがね」

「あ、ありがとうございます！　でも何でこんなに親切にしてくれるんですか？」


するとと刑事はサングラスをくいっと指で押し上げて言った。

「何、単純なことさ。私もそういったゲームには夢中になったことがあってね。運悪く母親に見つかって取り上げられてしまったが。昔の話だ」

それまで真一文字に固く結ばれていた刑事の唇の端がわずかにゆるみ、共犯者じみた微笑《ほほえ》みを形作った。

「そうなんですか……」

「それと、もうひとつ忠告しておこう。これからの時代、正攻法じゃだめだ。前もって抜け道を探しておくことをおすすめする。特に身の回りの人間には気をつけることだな――もう、わかっているとは思うが。それでは」

圭太《けいた》にそうアドバイスすると刑事はパトカーに乗り込み、静かに発車した。

パトカーが曲がり角の先に姿を消すまで、圭太《けいた》はずっと頭を下げ続けた。

1-10 西暦二五二〇年、滅亡まで五四八年（そうして刑事は引き金をひく）

西暦二五二〇年二月。暗闇の中ビルからビルへと飛び移る影がある。影はふたつ。追う者と追われる者。闇に光った深紅色の瞳が蛍のように舞う。

「へっ捕まるかよ。間抜けが」

二者の距離が徐々に開いていく。十メートル。二十メートル。三十メートルほど距離が開いたところで追う者、関浩《せきひろし》が歩みを止めた。

「佐々木《ささき》。行ったぞ」

「了解です！」

「馬鹿、声が大きい。ホシに気づかれる」

「すみませんっ」

そこで無線がぷつりと途絶えた。

やれやれ、とため息をついた浩《ひろし》が尾行を再開する。浩《ひろし》はもう五十歳だ。五階建てのビルの屋上から屋上へと飛び移るのは骨が折れる。

「被疑者確保しました」

浩《ひろし》がビルを四つ越えたところで、連絡が入った。自分が勢子《せこ》としての役割を無事果たせたことに、浩《ひろし》が安堵《あんど》のため息を漏らす。

「そのまま押さえとけ。油断はするな。相手はゾンビだ」

被疑者はもう何人も殺している。浩《ひろし》は新人類という呼称を使う気になれず、あえてゾンビという旧称を使った。

「はいっ。もちろんです」

佐々木《ささき》の声には疲労の色がない。若さとはこういうことか——世代交代の波を感じ、浩《ひろし》は嘆息した。

浩《ひろし》が現場に到着すると、意外にも被疑者はおとなしく座っていた。両手にはすでに手錠がはめられている。

浩《ひろし》は懐《ふところ》から写真を取り出すと、被疑者の眼前に突きつけた。

写真には、優しそうな笑みを湛《たた》えた中年女性と三歳の双子の姉妹が写っている。

「この三人に見覚えは」

「ないね。この三人がどうしたって？」

「しらを切るな。一か月前、お前が空き巣に入った家に住んでいた人たちだ」

「俺はただ人がいない家にちょいとお邪魔するだけさ。誰が住んでるかなんて興味はねぇやい」

浩《ひろし》は被疑者の髪を引っ張るとそのまま地面に引きずり倒したが、被疑者は怯《おび》えるどころか嬉《うれ》しそうな笑みを浮かべた。

「おう、おっかないねぇ。後で弁護士のセンセイに話しとこう。〈逮捕されるにあたり不当な扱いを受けました。これは新人類に対する差別です〉ってな。あんた公務員だろう。すぐ首になるぜ」

「大丈夫だ。首にはならない。佐々木《ささき》、例の物を」

浩《ひろし》は被疑者に馬乗りになり、被疑者の口をこじ開け、例の物を流し込んだ。

「うげえええぇ！」

被疑者の絶叫が暗闇に響き渡る。

「やっぱり富士《ふじ》の湧水は効果絶大っすね」と佐々木《ささき》。

ゾンビは新鮮な水に弱い。人間で言うならば塩酸で胃を焼くような痛みが被疑者を襲う。被疑者は屋上をのたうち回り、何度も吐いた。吐き終わった頃を見計らい、再度被疑者を確保する。今度は佐々木《ささき》が被疑者に馬乗りになった。

「さあ、もう一度聞こうか。この三人に見覚えは」

湧水が入ったペットボトルをちらつかせながら浩《ひろし》が問う。効果はてきめんだった。被疑者は己の罪状を告白した。

無人だと思った家に人がいたこと。顔を見られてしまい、衝動的に三人を殺したこと。三人の遺体を食べ、証拠を隠滅したこと。三人分の遺体は自分の胃で消化するには多すぎ、公園の公衆トイレで吐いて水に流したこと。

「他には？」

「ない。こんなへまをやらかしたのは初めてさ。だからそのペットボトルをしまってくれ！」

浩《ひろし》は一旦被疑者から離れ、上司に無線で連絡した。

「クロでした。どうしますか」

「は。そんなの決まってるだろう。いつも通りだ。例外はない」

こうして被疑者の運命は決まった。


「佐々木《ささき》。そのまましっかり押さえとけ」

浩《ひろし》は銃を抜き放ち、被疑者の頭に突きつけた。拘置所に送られるものだと思い込んでいた被疑者が血相を変えて暴れ出す。

「やめてくれ！　俺は自分の罪を認めたじゃねえか！」

「今はな。だが、すぐに変わるさ」

浩《ひろし》は今までの被疑者の面々を思い出した。

どの被疑者も確保された瞬間だけはおとなしい。だが、拘置所に身柄が移された時点で態度を豹変《ひょうへん》させるのだ。


自分はやっていない。自白を強要された。ゾンビに対する偏見だ。

被疑者がこう言い張ると、強盗致死罪での立件が難しくなる。なんせ被害者は遺体ごとこの世から消え失《う》せている。物的証拠を探すのは困難を極めた。百人以上の人間をぺ、ろ、り、と、た、い、らげたとされる蜘蛛《くも》の余市《よいち》（※1-6参照）でさえ強盗致死罪で立件することができず、遺族たちは涙を呑《の》んだ。

浩《ひろし》は被疑者の首根っこをつかむと地面にぐりぐりと押しつけた。少し力を入れ過ぎたようでバキ、と被疑者の首の骨が折れる音がする。

「なぁ、知っているか？　俺には戸籍がないんだ。体がゾンビになった時点で死んだことにしてもらった。何故《なぜ》かって？　お前らみたいな悪党をのさばらせないためさ」

そうして浩《ひろし》は引き金を引いた。


「佐々木《ささき》。もういいぞ。被疑者から離れて本部に連絡しろ」

ふたりは本部からヘリコプターが来るのを待った。遺体を収容してもらうためだ。

佐々木《ささき》が自分のスーツを脱いで被疑者の遺体の上にかける。

「お優しいことだな。そんなんじゃゾンビ特課ではやっていけんぞ」

「わかってます。わかってますけど」

「やれやれ。世代交代はまだ先になりそうだ」

「え？　何のことです？」

「何でもない。行くぞ」

浩《ひろし》は遠方から近づきつつあるヘリに手をふった。

1-11　西暦二六〇一年、滅亡まで四六七年（関ヶ原バレンタイン・前編）

関ヶ原の戦いから千年と三か月半が過ぎた頃。

中学二年生の愛《あい》はひとりで百貨店を訪れていた。

天下分け目の大合戦――バレンタインのためである。

愛《あい》は鼻歌を歌いながらデパートの階段を降りていく。地下一階は旧人類用グルメフロア、地下二階は新人類用グルメフロアである。地下二階は照明をかなり絞っており、光に弱い新人類の瞳を痛めないような配慮がなされていた。

「何にしようかな。迷うなあ……」

愛《あい》はチーズ売り場の前で足を止めた。発酵食品を好む新人類はチョコレートよりチーズが好きだ。チーズ売り場も季節に合わせてハート形のチーズを売り出している。

「どれにしよっかなー」

愛《あい》は財布をのぞいて軍資金を確認した。合計二千円。

「いらっしゃいませ。おひとつどうぞ」

愛《あい》の様子を見て冷やかし客でないと判断したのか、店員が試食用のチーズを出してくれた。

愛《あい》はお礼を言ってからつまようじでチーズの欠片《かけら》を刺し、口に入れた。

「何これ！　いつも食べてるやつとは全然違う！」

「こちらは世界三大ブルーチーズのうちのひとつ、イタリアのゴルゴンゾーラでございます。お気に召しましたか？」

愛《あい》は口の中の余韻を楽しみながら、値札に目をやった。そのお値段、百グラムあたり千円。

「嘘《うそ》でしょ」

愛《あい》の口からつまようじがポロリと落ちた。愛《あい》が普段食べているチーズの四倍ほどの価格だ。

愛《あい》の反応で何かを悟った店員が、別の商品を差し出した。

「それではこちらのチェダーチーズはいかがですか？　比較的安価ですよ」

店員が勧めるままに愛《あい》はチェダーチーズを試食した。おいしいはおいしいが、先に飛び切りおいしいチーズを食べてしまったので、愛《あい》はううん、と唸《うな》った。

チェダーチーズは万人受けする味だ。匂いも少ない。

それに対し青かびをまとったブルーチーズは強烈な匂いを放つ。万人受けするとは言い難《がた》い。

しかし、それは旧人類が多数を占めていた頃の話だ。

西暦二六〇一年現在、チーズ界を席巻《せっけん》するのは圧倒的に強烈な匂いを放つチーズたちなのである。

「すみません、ちょっと他の売り場も見てきます」

と、愛《あい》はチーズ売り場から逃げ出した。

フロア中央にバレンタイン特設販売ブースが設けられているので愛《あい》はそっちも見てみることにしたのだ。ブースには鮒《ふな》ずし、くさやといった日本の珍味はもちろん、世界で一番臭いとされている北欧のシュールストレミングの缶詰まで用意されている。韓国からは刺身を発酵させたホンオフェ、中国からは臭豆腐《チョウドウフ》。

「うーん、いい香り。でもやっぱり見た目が気になるなぁ」

発酵食品の香りにうっとりと目を細めながら愛《あい》が思案を巡らす。

しかし、そこはやはり乙女。

告白には魚の干物はふさわしくない、もっと可愛《かわい》いデザインのものにすべきである……そういう結論に達した愛《あい》は、踵《きびす》を返《かえ》し再度チーズ売り場に向かった。

そんな愛《あい》に声をかける人物があった。愛《あい》のクラスメートの歌《うた》である。

「えええ⁉　歌《うた》ちゃん⁉　何で⁉」

「愛《あい》ちゃんこそ何で？　ここ、校区から結構離れてるのに。もしかしてバレンタインのチーズ買いに来たの？　私もなんだ」

歌《うた》が照れくさそうに微笑《ほほえ》んだ。歌《うた》はもう買い物を終えたらしい。右手にチーズが入った紙袋を下げている。

「何買ったの？」

「ゴルゴンゾーラ……去年は渡せなかったから、今年は頑張りたくて」

「歌《うた》ちゃんを嫌いな男子なんていないよ！　誰に渡すの？」

歌《うた》が恥ずかしそうに目を伏せる。祖母がスペイン人だという歌《うた》は少し色素の薄い髪の毛で、彫りの深い顔立ちをしている。クラスの男子がぼーっとしただらしない顔をして歌《うた》に見惚《みと》れているシーンを、愛《あい》は何回も見たことがあるのだ。

「誰にも言わない？」

「言わないよ」

「えっとね……鈴木《すずき》亮太《りょうた》くん」

ブルータス、お前もか――愛《あい》の脳裏に世界史の授業で習ったばかりの台詞《せりふ》が浮かんだ。

「え、え、何で亮太《りょうた》？　別に格好良くないじゃん」

愛《あい》は亮太《りょうた》の幼なじみである。元々毎年バレンタインにはチーズを渡しているのだが、それは義理。今年こそは本命チーズを渡すぞ、と意気込んでいたところなのだ。

つまり、ふたりは全く同じことを考えていたわけである。

「ふふ、隠さなくていいよ。私、愛《あい》ちゃんの気持ちは知っているから。それじゃまた学校でね」

そう言うと学校一の美人は足早に去って行った。

一方的に宣戦布告されてしまった愛《あい》はただ茫然《ぼうぜん》とするばかりである。

人の世は移り変われど、相争う人の性質はそうそう変わらない。

天下分け目の大合戦が、今、始まろうとしていた。

――後編に続く――

1-12　西暦二六〇一年、滅亡まで四六七年（関ヶ原バレンタイン・後編）

西暦一六〇〇年十月二十一日、関ヶ原の戦い。小早川秀秋《こばやかわひであき》は決断を迫られた。西軍の豊臣《とよとみ》方につくか、東軍の徳川方につくか。この決断によって彼の人生は大きく変わることになる。彼は知らない。彼個人の選択が日本の歴史を大きく転回させるということを。

それから時は流れ、西暦二六〇一年二月十六日（月）。ひとりの男子中学生が決断を迫られていた。

「亮太《りょうた》くん、これ。一日遅れちゃったけど」

亮太《りょうた》の前にはひとりの少女がいる。学校一の美人と名高い歌《うた》である。

「あ、わかった。俊《しゅん》に渡せばいいんだろ？　任せとけよ」

俊《しゅん》は亮太《りょうた》の親友である。サッカー部のエースである俊《しゅん》はよくモテる。バレンタインチーズを渡すよう頼まれるのは亮太《りょうた》にとってよくあることだった。

「違うの。これは亮太《りょうた》くんへの贈り物なの。言っとくけど、義理じゃないからね」

「え？　何で俺？　だって俺たち接点ないよね？　もしかしてドッキリ？」

異性に初めて告白された亮太《りょうた》は動揺のあまり疑問符を連発した。歌《うた》が亮太《りょうた》のそんな反応を見越したようにふふ、と笑う。

「亮太《りょうた》くんのそういう飾らないところが好きなの。ほら、私、外見が目立つから色々言われるじゃない？　でも、亮太《りょうた》くんは他の女の子と私を区別したりしない。亮太《りょうた》くんといると私、素の自分でいられる気がするんだ」

「買いかぶりすぎだよ」

「そういう謙虚なところも好きだよ」

学校一の美人にそう言われて嬉《うれ》しくない男などいない。亮太《りょうた》はゆでダコのように真っ赤になってしまった。

「返事は急がないから。ちゃんと考えてほしいな、私のこと」

そう言うと歌《うた》は踵《きびす》を返《かえ》した。小さな頃からバレエを習っている彼女は何をやっても様になる。

亮太《りょうた》はいつものようにぽーっと彼女の後ろ姿に見惚《みと》れた。

「これ夢かな」

亮太《りょうた》は指で頬を強く引っ張り、これが現実であることを確認したが、それでもどこか夢見心地だった。

「花里《はなさと》さんと付き合っちゃうの？　俺？」


その時、亮太《りょうた》のポケットにある携帯電話が震えた。知らない番号だ。

「こんな時に誰だよもう。はい、もしもし」

「亮太《りょうた》くん？　ごめんね、愛《あい》（※1‐11参照）の母親です。ちょっと聞きたいことがあるんだけど。この間の土曜日愛《あい》と一緒にいた？」

「いえ。その日は俺サッカーの練習でした。何かあったんですか」

「土曜日から愛《あい》の様子がおかしくて。家に帰ってから泣いてばかりいるの。今日も学校に行かないって言うし。亮太《りょうた》くん何か知らない？」

うーん、と亮太《りょうた》は思案を巡らした。今年度は愛《あい》とクラスが離れてしまって、愛《あい》の交友関係までは把握していないのだ。

「いじめとかだったらどうしよう……」

心配性な愛《あい》の母親が電話口でおろおろしている様子が伝わり、亮太《りょうた》は愛《あい》のお見舞いに行くことにした。

「愛《あい》、入るぞ。何だ元気そうじゃん」

亮太《りょうた》が愛《あい》の部屋に入ると、ベッドに寝そべりながら漫画を読む愛《あい》と目が合った。家の中だから愛《あい》はコンタクトも化粧もしていない。深紅色の瞳とゾンビ特有の青白い肌がむき出しである。

「ちょっとちょっとちょっと！　何で亮太《りょうた》がいるのよ！」

愛《あい》は漫画を放り投げると布団《ふとん》を頭から被《かぶ》った。

「何って。おばさんから電話があった」

「お母さんが？　もう、心配性なんだから」

「わかってるなら心配かけるようなことするなよ」

「うるさい。亮太《りょうた》には関係ないよ」

「わざわざ見舞いに来てやったのにその言い方はないだろ。ほんと、可愛《かわい》くないんだから」

部屋の主が布団《ふとん》に隠れているのをいいことに、亮太《りょうた》は愛《あい》の部屋をじっくり見物した。亮太《りょうた》が愛《あい》の部屋に入るのは小学生の時以来だ。棚にぎっしり化粧品が並んでいるのを見て、亮太《りょうた》は愛《あい》をからかった。

「化粧なんてしなくていいのに。金の無駄だぜ」

亮太《りょうた》は見た目に頓着しない。最低限の防腐処理は行うが、ファンデーションなどでゾンビ特有の青白い肌を隠すようなことはしなかった。何せ育ち盛りの男子中学生だ。化粧品に回すお金があるなら買い食いに使いたい。それが亮太《りょうた》のポリシーだった。

愛《あい》が布団《ふとん》の中でもぞもぞと蠢《うごめ》く。いつもなら「そんなんだから亮太《りょうた》はモテないのよ！　女心がわかってない！」と反論が来るのだが、今日の愛《あい》は沈黙したままだ。

「何があったんだ？　話せよ。愛《あい》の好きな裂けるチーズ買ってきてやったぞ」

亮太《りょうた》が裂けるチーズを差し出しても、愛《あい》は反応しない。これはヤバイ、と亮太《りょうた》は思った。こんなに落ち込んでいる愛《あい》を見るのは愛《あい》がゾンビになった時以来である。五年前、仲の良《い》い友達よりも早くゾンビになってしまった愛《あい》は、新人類クラスへの転入を拒み、今日みたいに布団《ふとん》の中に籠城《ろうじょう》したのだった。

「どうせ私はプロセスチーズがお似合いの女ですよ。ゴルゴンゾーラにはなれませんよーだ」

布団《ふとん》の中からくぐもった愛《あい》の声がし、亮太《りょうた》は首を傾《かし》げた。彼はまだ歌《うた》からもらったプレゼントの包装をといていない。愛《あい》の真意を測りかねたのも無理はなかった。

「マンドラゴラって何？」

「違う。ゴルゴンゾーラ。世界三大ブルーチーズのひとつ。すっごく高いの」

「いくら？」

「百グラム千円」

「食べたいのか？」

「うーん。ちょっと違う。ゴルゴンゾーラが似合う女に私はなれないって話」

「別にいいじゃん、プロセスチーズでも。うまいし」

「ふん。でもさ、目の前にゴルゴンゾーラとプロセスチーズが並んでたらどっち食べる？　ゴルゴンゾーラに決まってるじゃん」


愛《あい》がまたもぞもぞと動き、布団《ふとん》が形を変える。真っ白な布団《ふとん》に包《くる》まった愛《あい》はさなぎのようで、まるで出てくる気配がない。亮太《りようた》がいくら話しかけてもだ。しかし、こんな状態の幼なじみを放っておくわけにもいかないと、亮太《りようた》が愛《あい》のベッドの脇に腰かけて待つこと十分。根負けした愛《あい》が、ようやく言葉を発した。

「学習机の一番下の引き出し」

「は？」

「学習机の一番下の引き出し」

愛《あい》の言葉をヒントに亮太《りようた》が引き出しを開けると、そこには紙袋がひとつあった。

「それ、バレンタイン。持って帰って」

「ありがとう……って俺にチーズあげてる場合じゃなくね？　本当に大丈夫かお前」

「バーカ」

明日は学校に行くから、と愛《あい》が約束するのでひとまず亮太《りようた》は自分の家に帰ることにした。

「あれ？　どっちも同じ紙袋だ」

右手に歌《うた》からもらった紙袋、左手に愛《あい》からもらった紙袋を下げ、亮太《りようた》は家路を急いだ。


帰宅して包みを解いた亮太《りようた》はびっくりした。

歌《うた》の紙袋には世界三大ブルーチーズのゴルゴンゾーラ。

愛《あい》の紙袋にはプロセスチーズの原料にもなるチェダーチーズ。

「さっきの言葉はこういう意味かよ」

鈍感な彼もようやく愛《あい》の気持ちに気づいたのである。

「どうする？　どうするよ俺？」

時は西暦二六〇一年二月十六日。

ふたつのチーズを前に苦悩する亮太《りょうた》であった。

1-13　西暦二四五〇年、滅亡まで六一八年（とある家族の始まり）

桜《さくら》は可哀想《かわいそう》な女の子だった。わずか生後半年でゾンビとなってしまった彼女は実の親に捨てられ、児童養護施設で育てられることになった。まだゾンビへの偏見が根強く残っている時代である。里親がなかなか見つからず、家庭というものを知らないまま桜《さくら》は八歳になった。

そんな彼女に転機が訪れる。

西暦二四五〇年三月。桜《さくら》は児童養護施設の院長と共にとあるマンションの一室を訪れた。ようやく里親になってくれる人が見つかったのだった。

「陸《りく》さん（※1-4参照）と咲《さき》さんはまぁケッタイなとこあるけど悪い人やないから安心し」

意味深な一言を残し去っていく院長を桜《さくら》は不安な思いで見送った。まずはお試し期間ということで桜《さくら》は二週間陸《りく》の家に預けられることになったのだ。

桜《さくら》は陸《りく》と咲《さき》の顔を見てびっくりした。テレビでよく見かける顔だったからだ。

「ゾンビゾンビ？　芸人の？」

ゾンビゾンビは現在急成長中のお笑いコンビである。元のコンビ名は「ゾンビ人間」だったのだが、二年前咲《さき》もめでたくゾンビになり、コンビ名を「ゾンビゾンビ」に改名し活動を続けている。ちなみに、咲《さき》のゾンビ化を機にふたりは結婚した。

「お、これまた可愛《かわい》いファンやね。どもども、私こういう者です」

陸《りく》がポロリと右手の上に目玉を落とし、桜《さくら》に差し出す。すぐさま「何言うてんねん。それ名刺やなくて目玉やないかーい」と咲《さき》のハリセンが神速で舞い、陸《りく》の後頭部を的確に撃ち抜いた。


予想外の展開に桜《さくら》はただ目を見開くばかり。


「あちゃー、滑ってもたな。まあええわ、ごはんにしよ」と咲《さき》。

小さめのダイニングテーブルには所狭しとご馳走《ちそう》が並べられていた。

お好み焼き、ハンバーグ、オムライス、ピザ、ポテトサラダとこどもが好きそうな食べ物がずらりと並んでいる。

「桜《さくら》ちゃん来るいうから、三日前から熟成させててんで。さ、食べ食べ。それとも先にコンタクト外すか？　目乾くやろ。洗面台はあっちやで」と陸《りく》。

「大丈夫です。陸《りく》さん、咲《さき》さん、これからよろしくお願いします」

桜《さくら》はぺこりと頭を下げた。

するとなぜか何故《なぜ》か、それまでニコニコしていた陸《りく》の笑顔がすうっと消え、能面のような無表情になった。何か気に障《さわ》ることをしてしまったのだろうか、と桜《さくら》は怖くなった。もしかしたら下の名前を馴《な》れ馴《な》れしく呼んだのが悪かったのだろうか。陸《りく》は一応有名人なのだし、気分を害したのかもしれない。そう思った桜《さくら》は陸《りく》の名字を呼んでみることにした。

「向井《むかい》さん、これからよろしくお願いします」

陸《りく》は眉間にしわを寄せ、腕組みをし、仏頂面《ぶっちょうづら》になった。

「どしたんアンタ。眉間にしわ寄せて」

台所からお箸を持ってきた咲《さき》が怪訝《けげん》そうな顔をする。陸《りく》が咲《さき》を手招きし、咲《さき》の耳元で何事かをささやいた。陸《りく》のささやきに耳を傾けていた咲《さき》が素っ頓狂な声をあげる。

「何《なん》やて？　はぁ、陸《りく》さんと呼ばれたのがショックやと。あんた無理言いなや。初めて会ったおじさんをお父さんて呼べる？　無理やろ。は？　パパでもいい？　パパが無理ならオトン？どこまで厚かましいんや。うちかてまだお母さんて呼ばれてないのに。でもあんたの気持ちもわかるわ。うちも二年前ゾンビになってしもたから、もう赤ちゃん産めへんもん。あー、一度でいいからお母さんて呼ばれたいわ。どこかに可愛《かわい》い女の子落ちてへんかな」

「無茶言いなや咲《さき》。俺らゾンビやで。そんな家に来てくれる物好き、どこにおるんや」

陸《りく》と咲《さき》がよよよ、と嘘泣《うそな》きしながら両手を顔で覆う。

ヤバイ家に来てもうた――桜《さくら》はふたりのテンションの高さについていけずまごついた。しかし、そんな桜《さくら》の反応を面白がるように陸《りく》と咲《さき》は顔を覆っている指の隙間から桜《さくら》をこっそり観察している。彼らは明らかに「お」か「パ」か「マ」で始まる言葉を待っているのだった。壮大な前《まえ》フリである。

桜《さくら》は何だか腹が立ってきた。自分がどれだけ不安な思いを抱えてこの家に来たか知らないくせに、と彼女は思った。しかし、例の言葉を言わないと場が収まりそうもない。彼女はしぶしぶではあるがこのコントに乗ってあげることにした。

桜《さくら》はまず「お」と言った。すると、陸《りく》と咲《さき》が両手をテーブルについて、目をキラキラと輝かせた。「お」に続く言葉を待っているのだ。

そこで桜《さくら》はあえて間をおいた。そこは大阪で育った女。会話の緩急というものをわきまえていた。彼女は心の中でゆっくり三つ数を数えてから、

「おっちゃん、おばちゃん。これからお世話になります」

と言って頭を下げた。

ふたりは「ずこー」と奇声を発し、間髪を容《い》れずに椅子ごと後方にずっこける。

あまりのしょうもなさに桜《さくら》は笑ってしまった。そんな桜《さくら》を見て、床に転がった陸《りく》が小さくガッツポーズをとる。

「よっしゃ。やっと笑《わろ》てくれた」

「え？」

「いや、何でもない。咲《さき》、起きろ。ごはんにすんで」

「ハイハイっと。食べ終わったらショッピングセンター行こな。布団《ふとん》カバーとか部屋のカーテンは桜《さくら》ちゃん自分で選びたいやろ？　まだ買《こ》うてへんねん」

「ちょい咲《さき》。お前何勝手に桜《さくら》ちゃんの隣に座《すわ》てんねん。ズルイで」

「早いもん勝ちでーす。桜《さくら》ちゃんかてあんなむさ苦しいオジサンより私の方がええやんな？　な？」

咲《さき》がぎゅーっと両腕に力を込めて桜《さくら》を抱きしめる。

「ええもん。お前が桜《さくら》ちゃんの右側に座るんやったら俺は左側に座る」

陸《りく》がテーブルの反対側から椅子を運び、桜《さくら》の左に陣取り、咲《さき》と同じように桜《さくら》を抱きしめた。

ふたりにぎゅうぎゅう抱きしめられた桜《さくら》は、満員電車ですし詰めになった気分だった。

ふと桜《さくら》は不思議な錯覚に囚《とら》われた。もしかしたら自分はずっと夢を見ていたのかもしれない。施設にいたなんて全部嘘《うそ》で、本当はずっとこのふたりと一緒に暮らしていたのではないか——

そんなことを桜《さくら》は思ったのだった。

（おとうさん。おかあさん）

と、桜《さくら》は心の中でそっとふたりに呼びかけた。

「さ、食べ食べ。遠慮はいらんで」

陸《りく》と咲《さき》が桜《さくら》の両脇からどんどんおかずを運ぶ。桜《さくら》のお皿はご馳走《ちそう》でたちまちてんこ盛りになった。

「もう、そんなに食べられへんわ。頂きまーす」

桜《さくら》は箸を手に取り、ごはんを食べ始める。さみしげな孤児の姿はもうどこにもない。そこにはただ、幸せな三人家族の姿があるだけだった。

1-14 西暦二五二二年、滅亡まで五四六年（女子大生は渋谷に集う）

今日は年に一回のお祭りの日だ。

西暦二五二二年十月三十一日。私（※1-1参照）は渋谷にいた。今日はハロウィン。みんなめいめいに仮装している。ちなみに私は魔女の姿だ。ちゃんと杖《つえ》も持っている。今日ばかりはコンタクトも外し、ファンデーションも塗らない。他の人もそうだ。普段は旧人類に擬態している私たちが、ありのままの姿でいられる日。それがハロウィン。

「あー、気持ちいいっ。毎日がハロウィンならいいのに」

友達のアリサが両手を大きくふりながら、渋谷のスクランブル交差点を闊歩《かっぽ》する。それもそのはず、人一倍敏感肌のアリサはファンデーションでかぶれてしまう。それでもゾンビ特有の青白い肌を人前でさらすことはマナー違反とされる世の中だから、痒《かゆ》いのを我慢しながら化粧しているとのことだ。生きるって本当に大変。ため息が出る。

父さんとはあれからずっと気まずいままだ。もう踏みつけられたりはしないけど、食卓の度に熱く人種問題について語る彼にはもうついていけない、というのが正直なところ。父さんは次期の区議会議員に立候補するらしい。〈新人類にとって住みよい社会を〉がスローガンの新人類党の党員になったのだ。

私としては日本社会を改善するより先に家庭環境を改善してほしいところだ。

交差点を渡ったところで私はおや、と思った。地面にうずくまっている女の子がいる。手で口を押さえて今にも吐きそうだ。

「大丈夫？」

「すみません。生のゾ……じゃなかった、新人類が見たくて来たんですけどにおいにやられてしまって。休めば治ると思うんですけど」

私は自分の荷物をアリサに預けてから、女の子をお姫様抱っこで持ち上げた。私もすっかりゾンビが板についてきた。これくらい朝飯前である。

「ドラッグストアで防臭マスクを買おっか。今日は消臭スプレーかけてないゾンビも多いから、ゾンビ酔いしちゃうよ」

「すみません。ありがとうございます」

女の子がぐったりと私に体重を預ける。

私たちは人混みをすり抜け、ドラッグストアに向かった。

三十分後、容体が落ち着いた女の子はマリと名乗った。中学二年生だそうだ。

「お礼に何かご馳走《ちそう》させてください」と言うので、私とアリサはヨーグルトジュースを希望した。これなら人間でもゾンビでも飲むことができて、値段も安い。いつも私たちが行っている店に行くと、ハロウィンということもあって、客のほとんどがゾンビだった。

「へぇ、ゾ……じゃなかった、新人類ってこんなにいるんですね。ほら、普段はみなさん擬態しているじゃないですか。なかなか実感がわかなくて」

マリは興味深げに店内を見渡している。「ゾンビでいいよ」と私は苦笑しながら言った。

「え⁉　でもゾンビって差別用語ですよね⁉　絶対ゾンビって言っちゃいけないって学校の先生が言ってましたよ」

「今どきの中学校ってそうなんだ。私たちの時は普通にゾンビって言ってたよ」とアリサ。

「そうなんですか。私、身の回りにゾンビになった人がいなくて。勉強になります」

私立のお嬢様学校に通っているらしいマリは非常に礼儀正しい。その丁重すぎる態度に私とアリサはもじもじした。少しはマリを見習うべきなのかもしれない。

それから私たちは三人で一緒に遊んだ。ゲームセンターでプリクラを撮ったり、ウィンドウショッピングを楽しんだり。マリはゾンビの生活について質問し、私たちは今どきの中学校の様子について質問した。

あっという間に夕方になり、マリが家に帰る時間になった。

「今日はありがとうございました。ゾンビになるって悪いことじゃないんですね。不安な気持ちがなくなりました」

「マリちゃん、もしかしてゾンビ化の兆候でもあるの？」と私が聞くと、マリはかぶりを振った。

「いいえ。この時代、いつ自分や自分の大事な人がゾンビになるかわからないじゃないですか。だからあらかじめ知っておきたかったんです」

「マリちゃんえらーい！」と、アリサが拍手する。私は自分が中学生だった頃を思い出し、自己嫌悪《けんお》に陥った。

もし私がマリのように心優しい子だったら、父さんと気まずくなることもなかったろう。

苦い煎じ薬を飲まされた気分だ。

改札口の向こう側に渡ったマリに手を振りながら私は思った。今日は父さんの話をちゃんと聞こうと。どんなにうざくても、どんなに長話でも。そして私も話をしよう。今日出会った素敵な女子中学生の話を。

だって今日はハロウィン。奇跡だって起きるかもしれない。

私は右手に持った杖《つえ》をかかげ、自分で自分に魔法をかけた。

1-15 西暦二一七〇年、滅亡まで八九八年（書店員による推薦図書）

いらっしゃいませ。何かお探しですか。

え？　本屋が珍しくて入っただけ？

ああ、最近はめっきり減りましたもんね。どうぞゆっくりご覧になってください。

売れ筋の本ですか。

最近はずっとこれですね。フランツ・カフカの『変身』。え？　ご存じない？

二十世紀の名作ですよ。あらすじ……そうですね。ある日主人公は目が覚めると大きな虫に変身しているんです。そういう設定がウケるんでしょうね。何でって？

みんな不安なんですよ。

「朝目覚めたら自分がゾンビになってるんじゃないか」って。

二十年前の政府の公式発表、あれは失敗でしたね。ゾンビの存在を認めちゃった。

え？　ゾンビを信じてない？　あれは都市伝説？　ふうん、そういう考え方もあるんですね。

すみません、窓を開けますね。閉め切っているとどうもにおいがこもってしまって。

照明も明るくした方がいいですか？

なるほど、参考になります。

どうも私、生まれつき目が弱くて、サングラスが手放せないんです。


──そう言えば、何の話をしていたんでしたっけ。

そうそう、売れ筋の本。

これなんかどうです？『もしもゾンビになったら～Q&A～』。

これは著者が国立感染症センターの医師なのでオススメです。

え？　だからゾンビなんていないって？　失礼しました。

今日は五月なのに暑いですね。よろしければあちらにウォーターサーバーがあるのでお使いください。

え？　水が腐ってる？　そんなはずはありません。タンクは昨日換えてもらったばかりなのに。新鮮な水がたっぷり入っているはずですよ。
どうしたんです、そんな青ざめた顔をして。
え？　顔色が悪いのは元からだ？　ふうん、そうですか。

そちら段差がありますのでお気をつけて。
え？　もうお帰りになる？
そうですか、残念です。

本日はありがとうございました。
またのご来店をお待ちしております。

1-16　西暦二四〇〇年、滅亡まで六六八年（芸術家のまなざし）

「よう、京助《きょうすけ》。我らが屍者《ししゃ》の帝国へようこそ」

西暦二四〇〇年六月。月面基地に降り立った京助《きょうすけ》を出迎えたのは幼なじみの正輝《まさき》だった。

「これはこれは。お招きにあずかり恐縮です、閣下」

「閣下はよせよ」

日本人居住区の執政官である正輝《まさき》はまんざらでもない表情で京助《きょうすけ》の肩を叩《たた》いた。

「で？　作品はどこにあるんだ？」

「除幕式までは倉庫の中だ」

「なるほどな。まずは空港の中を案内しよう。見せたいものがあるんだ」

正輝《まさき》が空港の出口とは反対方向に歩き出す。

月面基地が初めての京助《きょうすけ》は辺りをきょろきょろ見回すと、驚きの声をあげた。

「すごいな。みんなゾンビか」

一部の観光客を除き、月に人間はいない。ゾンビの方が人間より強靭《きょうじん》な肉体を持つため、月面基地の駐在員に選ばれるのは決まってゾンビだ。月では誰もが深紅色の瞳を外気にさらしながら歩いている。地球では見られない光景だ。

「何言ってるんだ。お前もゾンビだろ？」

確かに、と京助《きょうすけ》は苦笑した。

ふたりはエレベーターに乗り五階に向かった。

やがて静かにドアが開く。

なぜ正輝《まさき》が自分をここに連れて来たか、京助《きょうすけ》にはすぐにわかった。

ガラス一枚を隔てた向こう側に、地球があった。

京助《きょうすけ》はその美しさに息を呑《の》み、しばらく言葉を発することができない。

「今日はラッキーだな。フルアースだ」

地球から見た月が満ち欠けするように、月から見た地球も満ち欠けする。

幸いにも今日はフルアースが見られる日だったらしく、京助《きょうすけ》はまん丸の地球を見ることができた。

「作品を作る前に見たかったたな」と、京助《きょうすけ》はため息をついた。彼は芸術家だ。空港に飾る銅像を納品するために、遠路はるばる月までやって来たのだった。

「それにしても、京助《きょうすけ》が芸術家になるなんてな。図工は俺の方がうまかったのに」

「それを言うなら勉強は俺の方ができたぜ」

京助《きょうすけ》は小学生の頃の自分たちを思い出し、愉快な気分になった。人生というものはわからない。あの悪ガキふたりが月に来ることになるなんて、当時の担任が知ったら腰を抜かすだろう。

「明後日《あさって》の除幕式には正輝《まさき》も来るのか？」

「当たり前だ。誰がお前をお偉方に紹介すると思ってるんだ？」

「よろしくお願いしますよ、閣下」

「そろそろ行こうか。イギリス人居住区にいいバーがあるんだ。案内するぜ」

「いや、俺はやっぱり倉庫へ行くよ。運送中に破損してたらことだからな」

「そうか、わかった。二週間はこっちにいるんだろ？　またの機会にしよう」

正輝《まさき》と別れ、京助《きょうすけ》は倉庫に向かう。

彼はコンテナのロックを解除し中身を確認した。

「よかった。破損はないな」

京助《きょうすけ》がペンライトの光を銅像に当てながら細かい箇所を確認していくと、まるで影絵のように壁に銅像の影が映し出された。影だけ見れば、類人猿の銅像に見えるだろう。両手をぶらりと下げ、軽く前傾姿勢をとった成人男性の姿は、誰もが教科書で見かけたことがあるはずだ。


しかし、銅像に近づけばその解釈が誤りであったと気づく。

なぜなら、その像には赤いガラスでできた瞳がはめ込まれているからだ。

類人猿から人間、人間からゾンビ。

三者のイメージを全て詰め込んだのがこの銅像だ。


「屍者《ししゃ》の帝国、ね」

京助《きょうすけ》は正輝《まさき》の言葉を反芻《はんすう》した。

西暦二四〇〇年現在、ゾンビが総人口に占める割合は約二十パーセント。もはや異端者は少数でなくなりつつある。そんな中、ゾンビという呼称を廃し、新たな呼び名を作るべきだという運動が生まれた。

ゾンビの語源はブードゥー教の死体を蘇《よみがえ》らせる秘術から来ているため、キリスト教やイスラム教を信仰している国が率先して国際会議を開き、解答を模索している。生ける屍《リビングデッド》、突然変異体《ミユータント》、亜人《デミヒユーマン》と数多くの候補が生まれたが、決定打に欠け、いまだに統一見解はない。他国の宗教に寛容である日本は大国の動きを静観する構えだ。

京助《きようすけ》は銅像の足元にある作品名が書かれたプレートにそっと触れた。この解答が正しいものかどうか彼は自信がなかった。だが、彼は骨の髄から芸術家だ。自分に嘘《うそ》をつくことはできなかった。

金色のプレートにはこう書かれてある。

〈新人類《ネオヒユーマン》〉と。

1-17　西暦二五一七年、滅亡まで五五一年（地域見守り隊、出動！）

「ブラック。至急いつもの駅に向かって頂戴」

西暦二五一七年十月。ブラックこと庄吉《しょうきち》はピンクからの連絡を受け、駅に向かった。指令はいつも突然やってくる。彼は車を駅のロータリーに駐車すると、ホームへ向かった。

幸い、ターゲットはまだ来ていないようだ。彼はベンチに座り、ターゲットを待つことにした。貨物列車が大きな音を轟《とどろ》かせながら駅を通過する。ここから三キロほど西にある貨物ターミナル駅に向かっているのだろう。

やがてターゲットがホームに現れた。平凡な顔立ちをした四十代の男だ。男はホームにある電子掲示板に目もくれず、線路をじっと見つめている。マスクをしているから表情は見えない。

庄吉《しょうきち》はさりげなく腰をうかし、即座に飛び出せるよう身構えた。

遠くから遮断機の警告音がかんかんと響く。

「貨物列車が来るわ。気をつけて」と庄吉《しょうきち》の左耳にはめたイヤホンからピンクの声が流れ出る。

「ラジャー」

庄吉《しょうきち》の手のひらに汗がにじむ。

やがて男が糸の切れた凧《たこ》のようにふらふらと線路に向かって歩き出す。どうやらピンクの見立て通り、線路に飛び込むつもりのようだ。

庄吉《しょうきち》は静かに息を吸い込んだ。タイミングを間違ってはダメだ、力ずくで止めるのは最終手段だ。そう己に言い聞かせる。無理に止めようとすると反って逆効果になることを、彼は経験から学んでいた。庄吉《しょうきち》はズボンのポケットからワンカップ大関を取り出し、男に声をかけた。

「よう、兄ちゃん。今日は冷えるな。日本酒でも飲まねえか」

突然ホームに響き渡った大声に男は飛び上がり、その場に立ちすくんだ。庄吉《しょうきち》はゆっくり男に近寄ると、男の肩をぐいとつかみ、ホームの中央へ男を引き戻した。男が抵抗する様子がないので庄吉《しょうきち》は安心した。

ふたりの眼前を貨物列車が通り過ぎる。男は未練がましそうに貨物列車の最後尾をじっと見つめていた。

「死ぬなよ。ゾンビ生活もそう悪くねぇ。俺が保証するぜ」

庄吉《しょうきち》はサングラスを外し、自分の瞳をちらりと男に見せた。男の目から大粒の涙がこぼれ落ちる。庄吉《しょうきち》はお酒を無理やり男の手に握らせると、男の背中をさすってやった。

二時間後、男がちゃんと電車に乗りこんだのを見送ってから、庄吉《しょうきち》はピンクに連絡を入れた。

「お菊、任務完了したぜ」

「ピンクと呼んで、ブラック」

「……ピンク、任務完了したぜ」

「ありがとう。今日の任務はこれで終わりよ。基地で合流しましょう」

「やれやれ。正義の味方も楽じゃねぇな」

「文句言わないの。今日は奢《おご》ってあげるから、早くおいでなさいな」

改札口へ続く階段を上りながら、庄吉《しょうきち》はため息をついた。

「お菊のばあさんの趣味にも困ったもんだぜ」

ピンクことお菊は国立ゾンビ感染症センターで清掃の仕事をしている（※1・1参照）。彼女は危うげな患者を見かけると、庄吉《しょうきち》に必ず連絡を入れるのだ。

「今から病院のシャトルバスが駅に向かうから、ちょっと話を聞いてあげて」と。

庄吉《しょうきち》は嫌とは言えなかった。年金生活で暇を持て余しているというのもあるし、何より彼自身お菊に命を救われた身だからだ。ピンク、レッド、イエロー、グリーン、そしてブラック。隊員の数は日ごとに増えつつあった。

「あのばあさん、そのうちコスチューム作ろうとか言い出しそうだな」

そんな風にぼやきながら、庄吉《しょうきち》は車に乗り込み、彼らの基地である居酒屋に向かって車を走らせるのだった。

1-18 西暦二一五一年、滅亡まで九一七年（こんにちは、わたし）

私は己の迂闊《うかつ》さを呪った。病院になど行くべきではなかった。

西暦二一五一年五月。ゾンビ感染症なるものの存在を日本政府が公式発表してから半年。私はゾンビ化の兆候を感じ、病院へと赴いた。


結果は陽性。そして今、バスに揺られて療養所に向かっている。


私は婚約者に電話をかけ、一方的に別れを告げた。

「遠くへ行くの。ずっと遠く。日本にはもう帰ってこないわ」

ゾンビになったとは言えなかった。彼は他人の秘密をペラペラしゃべるような男ではないけれど、どこから秘密が漏れるかわからない。


私は自分の家に火炎瓶を投げ込まれるのは嫌だ。もう、帰れないとしても。

私は自分の家族に卵を投げつけられるのは嫌だ。もう、会えないとしても。

不思議なことに涙は出なかった。

やがてバスが療養所に到着する。まず手荷物が没収され、乗客はみな手ぶらになった。私たちを出迎えた人間は全員防護服を身にまとっている。拳銃をちらつかせている人間もいるので、私たちはおとなしく入り口の列に並んだ。右の列は男、左の列は女。

ここは本当に日本なのだろうか。

私は服を脱ぎ、シャワーを浴び、用意されていた患者衣を着てから、左手にバーコードが印字されたタグを装着する。番号は二二八。

タイミングを見計らったかのように、ぴんぽんぱんぽん、と場違いに陽気なチャイムが室内に響いた。

「十分後、ガイダンスが始まりますので、大会議室へお越しください」

人々が操り人形のように見えない糸に引かれ、大会議室へ向かう。私はそんな彼女らの姿をぼうっと眺めた。追いかける気にはなれなかった。

十分後、またチャイムが室内に響いた。

「二二八番の方。ガイダンスが始まります。至急大会議室へお越しください」

まるで銀行窓口の呼び出しだ。私は笑ってしまった。

これから私の身に何が起こるか、聞かなくてもわかる。

食事。労働。検査。睡眠。そのサイクルが永遠に続くのだ。死ぬまで。

私は部屋の出口ではなく、先ほどまで自分が使用していたシャワールームを眺めやった。シャワーからは水が出た。毒ガスではなかった。でもそれが幸運だと言えるだろうか。

「二二八番。聞こえますか。至急大会議室へお越しください」

人間はどうあってもこの部屋に来るつもりはないらしい。私はスピーカーの電源をオフにしようと壁面を探ったが、スイッチは見つからなかった。私は仕方なく座り込み、壁に体重を預け、両手で耳を塞いだ。

こんなことになるなら、最後に彼に私の名前を呼んでもらえばよかった。

やがて部屋の扉が乱暴に開かれ、防護服を着た屈強な男が現れた。

「二二八番か？」

「いえ、違います。私の名前は――」

私が言葉を紡《つむ》ぐより先に男が私のタグを確認する。

「やっぱり二二八番じゃないか。早く来なさい」


その時、ふわりと私の体が宙に浮いた。男が気づいた様子はない。

私は天井まで浮かび上がり、首を傾《かし》げた。


床の上には相変わらず私がいて、男と会話をしている。

もうひとりの私が、ケタケタと大口を開けて笑いながら私に手を振った。

「大会議室に行けばいいのね？」

もうひとりの私が腰を上げると、男は後ずさった。彼女は男をあざ笑うかのように、男に近づいていく。

「あら、私が恐《こわ》いの？　防護服を着ているのに？」

「悪ふざけはやめろ。早く大会議室へ行くんだ」

「急がなくてもいいじゃないの。どうせ時間はたっぷりあるわ。そうでしょう?」

もうひとりの私はこの状況を全く恐れていないようだ。

男は彼女の様子に恐れをなしたのか、「とにかく、早く大会議室へ向かうように」とだけ言い残し、その場を足早に立ち去った。


部屋には私と、もうひとりの私だけが残った。


もうひとりの私が言う。

「あなたは目を閉じて、素敵な夢でも見てらっしゃいな」と。

「いいの?」

「ええ。そのために私が生まれたのだから」


私は宙に浮きながら足を組み考えた。そうだった気もするし、そうでない気もする。全ての輪郭がぼやけ、曖昧になっていく。私はどうして私がここにいるか、思い出せなくなってきた。

「もし、ここから出られることがあれば知らせるわ。だから安心してお休みなさい」

そんな私を見透かしたかのように、彼女が優しく声をかけてくれた。

私はもうひとりの私に吸い寄せられるように下降する。

もうひとりの私が私を抱きとめ、こう言った。

「良《い》い夢を」

そうして、私は彼女の一部になった。もう何も恐れることはない。彼女が痛みも悲しみも絶望も全て受け止めてくれるだろう。きっと。

1-19 西暦二一八九年、滅亡まで八七九年(霧はまだ深く)

西暦二一八九年七月、岐阜県飛騨《ひだ》市。

耕一郎《こういちろう》はかつて弁護士であった。今、彼は療養所を離れ、ある場所を訪れている。八年ぶりの自由に彼は困惑するばかりだ。「ゾンビでも構わないから、法律知識のある人をこちらに寄越してほしい」という要望が地元の研究所から寄せられ、耕一郎《こういちろう》が現地に赴くことになったのだった。

「こちらへどうぞ」

教授と呼ばれる人物が耕一郎《こういちろう》を出迎える。耕一郎《こういちろう》は不思議の国に迷い込んだような気分のまま、トンネルの中に足を踏み入れた。三キロほど歩いただろうか。白くて大きな扉が耕一郎《こういちろう》の前に現れた。教授は扉を開くと、部屋の中央にある機器を指さした。

「あれがアルティメットカミオカンデです。ご存じですか」

「こどもの頃図鑑で見ましたが、本物を見るのは初めてです。ニュートリノを検知する機械ですよね」

耕一郎《こういちろう》の記憶が正しければ、地下には大きな水槽があり、二万個ほど取り付けられた光センサーがニュートリノや宇宙線を計測しているはずだ。

「そうです」と教授は耕一郎《こういちろう》の答えを肯定してから変な質問をした。

「花粉症発症のメカニズムをご存じですか？」

「ええと。体の許容量を超える花粉を吸いこんでしまうと発症するんですっけ」

「そうです。ではゾンビ感染症の感染経路は何でしょうか」

血液感染や飛沫《ひまつ》感染、と模範解答を言いかけて耕一郎《こういちろう》は口をつぐんだ。いくら療養所を増やしてゾンビを隔離しても、ゾンビの数は増え続けている。耕一郎《こういちろう》は己の頭脳をフル回転させ解答を探した。彼がここに呼び出された理由と教授の問いかけの真意を測ると、導き出される解答はひとつしかない。

「まさか宇宙から飛来する素粒子が人体の閾値《しきいち》を超過するとゾンビ感染症を発症するとでも？」

突如、物陰から拍手の音が響いた。耕一郎《こういちろう》が振り向くと、彼の住処《すみか》である療養所の所長が姿を現した。

「どうです、教授。彼は私が見込んだ通りの男でしょう」

「所長。なぜあなたがここに？」

「君の外出許可に判を押したのはこの私だ。患者の様子を心配して見に来ても、何の不思議もあるまい」

耕一郎《こういちろう》は不快感を露《あら》わにした。前任の所長とは違って、この男はゾンビに対する偏見を隠そうともしない。かつてゾンビの人権擁護活動に奔走したこともある耕一郎《こういちろう》とは水と油だ。

「何を企《たくら》んでいるんです」

「そう怖い目をするなよ。君に仕事をあげようと思ってね」

所長の言い分はこうだった。

教授の研究結果が発表され世間に認められれば、療養所のゾンビは解放される。そうすると君も働き口が必要になる、私と一緒に働かないか——

耕一郎《こういちろう》は所長の話を途中で遮り、彼の胸倉をつかんだ。

「俺はもうあんたには騙《だま》されない」

耕一郎《こういちろう》は的確に所長の魂胆を見抜いていた。ゾンビが解放されればどうなるか、想像するのはたやすい。彼らはこぞって集団訴訟に踏み切るに違いない。「俺たちの時間を返せ」と。ゾンビを隔離するための療養所が出来てからもう三十八年が経過している。青年が老人になるほどの長い時間だ。耕一郎《こういちろう》はまだ八年目だったが、それは何ら救いにはならなかった。彼は今年で四十二歳。つまり、三十代という貴重な時間のほとんどを療養所の塀の内側で過ごした計算になる。

「あんたたちが訴えられるのは自業自得《じごうじとく》って奴《やつ》だ。俺はあんたを弁護したりしない」

耕一郎《こういちろう》が所長を突き飛ばす。

所長は耕一郎《こういちろう》の反応をせせら笑った。

「大した正義感だ。だがその正義感が君を破滅に追いやった。違うか？」

耕一郎《こういちろう》は言葉につまった。

十年前、ゾンビ感染症は血液感染や飛沫《ひまつ》感染ではうつらないのではと気づいた彼は、ゾンビの人権を守るために東奔西走した。しかし、協力してくれる医師を見つけることができず敗訴。

療養所からゾンビを解放することは叶《かな》わなかった。

一銭の儲《もう》けにもならない訴訟に金と時間を注《つ》ぎ込んだことで、勤務先の弁護士事務所を首になり、それからはフリーの弁護士として辛酸を舐《な》めることになる。

「君の家はローンがあと二十年は残っている。娘さんもまだ十代だ。お金がいるんじゃないかね。おっと、貧乏人のゾンビの味方をして国を告訴しようなんて思わないことだ。おそらく、判決が確定するまで相当長い時間がかかるはずだ。君の預金残高がゼロになる方が早い」

ヒキガエルのような顔をした所長がグフフと喉を鳴らし、耕一郎《こういちろう》は寒気を覚えた。この所長は人の弱点を突くのが上手《うま》い。外出許可のために必要なハンコをちらつかせ、療養所の患者から小金を巻き上げる光景を耕一郎《こういちろう》は何度も目にしてきた。

それでも耕一郎《こういちろう》は虚勢を張り、所長の申し出を断った。悪魔の手先になるくらいなら、死ぬ方がマシだと思ったからだ。

「そうか。後悔するなよ」

所長はあっさりと引き下がった。おそらく他に当てがあるのだろう。

「俺の次は佐藤《さとう》ですか」

耕一郎《こういちろう》が療養所にいる元弁護士の名前をあげると、所長は嬉《うれ》しくてたまらないという風に笑った。

「やはりお前は良《い》い。素晴らしく頭の回転が速いな。まあいい、もし考えが変わったら所長室に来なさい。好待遇を約束しよう。それにしても君たちは臭いな。鼻がもげそうだよ。では、失礼する」

耕一郎《こういちろう》の肩をポンと親しげに叩《たた》いてから、所長は足早にその場を去った。

耕一郎《こういちろう》はその場にうずくまった。最悪の気分だった。

「大丈夫かい？　まったく、あの男にも困ったものだ」と教授がそんな耕一郎《こういちろう》に優しく声をかける。耕一郎《こういちろう》が顔を上げ、注意深く教授の様子を観察すると、教授の歯が鋭く尖《とが》っているのがわかった。

「あなたもゾンビですか。どうしてここに？」

「私は研究所を離れるのがどうしても嫌でね。賄賂を渡して見逃してもらっている」

「先ほどの研究結果は本当なのですか」

「本当だ。この話が公表されれば、ワクチンの開発に本格的に乗り出すことができる。もっとも、未知の分野すぎて実現のほどはあやしいがね」

困難の最中にありながら輝く教授の瞳を見て、耕一郎《こういちろう》は彼が羨ましくなった。

「俺はどうすべきでしょうか」

己のプライドと家族の未来を天秤《てんびん》にかける自分に耕一郎《こういちろう》は嫌気がさしている。

教授は何も答えない。耕一郎《こういちろう》は質問を変えることにした。

「もしあなたが俺だったらどうしますか」

「その仮定は意味をなさない。君は君で、私は私だ。私がこれから行く道に君がついてこられないように、君がこれから行く道に私がついていくことはできない。何しろ私は法律知識がてんでなくてね。君の問いかけは、あれだ、フェルマーの最終定理を予備知識なしに解けと言っているようなものだよ」

今度は耕一郎《こういちろう》が目玉を白黒させる番だった。

教授は耕一郎《こういちろう》の視線に気づくとごほんと咳《せき》ばらいをした。

「そうだな。そんな私にもひとつ言えることがある。それは私が長年にわたってあの悪徳所長に金銭をむしり取られて来たということだ。不当にね。でも私は泣き寝入りするしかない。何せ私は法律に関してはど素人《しろうと》だ。さて、この方程式に当てはまる解は？」

「——弁護士を雇います」

「ほう。ゾンビの味方になってくれるような物好きがいるのかね」

「います。ここに」

「なるほど。私たちは話し合う余地がありそうだ。さあ奥へ。同僚を紹介しよう。ゾンビにも理解がある人たちだから心配はない」

耕一郎《こういちろう》は自分の足で立ち上がり、教授に右手を差し出した。

教授が嬉《うれ》しそうに目を細めて耕一郎《こういちろう》に応え、ふたりは握手を交わす。

「我々にとって苦難の時代だ。だが、むざむざ不幸でいる必要はない。せいぜいゾンビ生活を楽しもうじゃないか」

教授の言葉が耕一郎《こういちろう》の心に眠っていたとある本の一節を呼び覚ます。二十世紀を生きた精神科医が記した言葉を。

耕一郎《こういちろう》の口がたどたどしく、だが力強くドイツ語を紡《つむ》ぎ出す。

「Trotzdem Ja zum Leben sagen.」

「何だねそれは？」

「〈それでも人生にイエスと言う〉——ヴィクトール・フランクルの言葉です」

ヴィクトール・フランクルはユダヤ人であるが故に、第二次世界大戦中強制収容所に入れられた。だが、彼は決して自暴自棄になることなく、己の尊厳を守り、過酷な収容所生活を生き抜いたのだった。

「『夜と霧』は私も持っている。彼の言葉に何度励まされたかわからんよ。君とは気が合いそうだ。後で一杯やろうじゃないか」

ふたりは部屋を出て、トンネルの奥へと歩みを進めた。トンネルは細長く、その先は杳《よう》として知れない。「まるで人生そのものだ」と耕一郎《こういちろう》は一瞬恐れをなしたが、引き返そうとは思わなかった。自分の意思で向かうのならば、暗闇もきっと暖かい。

八年ぶりに彼は生きようとしていた。

月面基地篇

2-1　西暦二三二二年、滅亡まで八四六年（無職は月に集う）

西暦二三二二年八月、種子島宇宙《たねがしまうちゅう》センター。

どうも妙なことになった。三か月前ゾンビになった私は会社を首になり、夫からは離婚届を突きつけられた。まさに青天《せいてん》の霹靂《へきれき》。人生の一大分岐点である。ゾンビ用の待合室で月行きの便を待ちながら、私は鞄《かばん》からチラシを取り出した。チラシにはこうある。

「あなたも月で働きませんか?」

可愛《かわい》くデフォルメされたゾンビのイラストの下には、ずらりと項目が並んでいる。

〈社会保険完備〉〈寮完備・食事つき〉〈現地までの交通費支給〉〈アットホームな職場〉〈ゾンビ歓迎〉〈平均月収《へいきんげっしゅう》三十万円以上〉〈大量募集〉

職種は清掃員とある。

典型的なブラック企業の求人広告である。怪しいことこの上ない。しかし、私はゾンビ。仕

清掃員
募集！
あなたも
月で働きませんか？
建設中の月面基地でのお仕事です。
未経験の方も歓迎！
・社会保険完備
・寮完備、食事つき
・現地までの交通費支給 ※種子島宇宙センター発
・アットホームな職場
・ゾンビ歓迎
・平均月収三十万円以上
・大量募集
まずはお気軽にお問い合わせください。
TEL 00-0000-0000　担当：斉藤

事を選んではいられない。私は湧き上がる不安を己の心の力で無理やりねじ伏せ、月に行くことにしたのだった。

手持ち無沙汰になった私は周りを見渡した。乗客のほとんどが成人男性で、同年代の女性はほとんどいない。そんな中、ある女性に目がとまった。その女性の手には私が持っているのと同じチラシがあった。

「すみません、月に行く方ですか？」

私は勇気を出して女性に声をかけた。しばらくはぎこちないやり取りが続いたが、私が例のチラシを取り出すと、女性は警戒を解き、笑顔になった。

「嬉《うれ》しい。同年代の人がいないから不安だったんです。これからよろしくお願いします」

女性は望《のぞみ》と名乗り、自分のサングラスをわずかにずらし、深紅色の瞳をのぞかせた。自分の瞳を見せるというのはゾンビ界では会釈《えしゃく》に相当する。もちろん私もサングラスをずらし、自分の瞳を望《のぞみ》に見せた。

シャトルの座席番号を確認すると、私と望《のぞみ》は隣同士だった。雇用主が同じだから当然の成り行きだ。

「これ食べない？　月には生の果物は持ち込めないから、よかったらどうぞ」

私は黒いバナナを望《のぞみ》に差し出した。月面空港には検疫所がある。生態系保護のため、生の果物や植物は持ち込めない仕組みになっているのだ。

「ありがとうございます」

私たちはふたり並んでバナナを食べた。バナナもこれで食べ納めだ。月面基地の気温は二十度に保たれているから、バナナの木は生えてくれない。

「バナナもこれで食べ納めですね」

望《のぞみ》がしんみりとそう言い、バナナをちびちび口に運ぶ。十分前までは見知らぬ他人同士だったとは思えないくらい、私たちは意気投合した。

「お、姉ちゃんたちも月行きかい。やるよ、甘酒だ」

通りすがりのおじさんたちが私たちに甘酒を一杯ずつ振る舞ってくれた。

私たちが乗る便はLCCなので優先順位が低い。すでに二時間待ちぼうけを食って疲れた体に、甘酒がよく沁《し》みた。

「……なんだか嬉《うれ》しいです。こんなにゾンビがいるなんて」

「そうだね」

ゾンビの人口率はいまだ十パーセントに満たない。圧倒的少数派なのだ。街で私たちは息をひそめ、必死で人間に擬態し、へりくだって生きて行かなければならない。

そんな私たちに与えられた新たな環境が月である。

月の労働環境はいいとは言えない。月面基地はまだ建設途上であるため、作業員の事故死も多いと言う。「月面基地の下にはゾンビの死体がいっぱい埋まっている」と皮肉る人も多い。だが、月に行けば仲間はいっぱいいるという事実に私の胸は躍った。


待ち時間の長さに耐えかねたのか、誰かが大声で歌い始めた。歌声の主は甘酒をくれたおじさん。甘酒にはアルコール分は含まれないはずなのに、おじさんたちはお互いに肩を組みながら歌っている。

「フライ・ミー・トゥー・ザ・ムーンですね」

望《のぞみ》は椅子からすっくと立ち上がると、歌い始めた。透明感のある澄んだ歌声が望《のぞみ》の口から流れ出て、私はびっくりした。英語の発音もばっちりだ。

「実は音大生だったんです」

小声でそうつぶやいた望《のぞみ》が、おじさんの集団へと歩みより、指揮をとり始める。最初は無秩序だった歌声が徐々に足並みを揃《そろ》え、ひとつの楽曲を奏《かな》でる様はまるでオーケストラのよう。

気づけば誰からともなくサングラスを外し、音楽に合わせてリズムを刻んでいる。私もそう。

待合室の外を通り過ぎる人間が怪訝《けげん》な顔で私たちを見ているけど構うもんか。

「薫《かおる》さん、こっち。もう一回やります」

一曲目を歌い終えた望《のぞみ》が私の手を取り、輪の中へと誘う。

「ええ⁉　私英語の歌なんて歌えないよ」

「大丈夫、三回もやれば覚えますよ」

「そんな無茶な」

「はい皆さん、始めますよ」

いつの間にかサックスやフルートを構えた人たちが輪の中央に陣取っているのを見て私は仰天した。空のペットボトルをこつこつと椅子の背に当て、リズムを刻んでいる人もいる。ドラムの代わりだろうか。

やがて軽やかに前奏が流れだす。「こんなことになるんだったらカスタネットかタンバリンを持ってくるべきだった」と私が変な後悔をしていると、待合室の壁にフライ・ミー・トゥー・ザ・ムーンの歌詞が映し出された。誰かがネットで検索した歌詞を壁に投影してくれたらしい。何て粋な計らい。

ゾンビ生活も悪くない。

歌いなれない洋楽に舌をかみながら、私は望《のぞみ》に向かってピースサインを掲げた。

2-2　西暦二二二七年、滅亡まで八四一年（アットホームな職場です）

「あなたも月で働きませんか？　アットホームな職場です」

そんな求人広告に騙《だま》された俺が馬鹿だった。


西暦二二二七年、大気圏上空。


俺は人型ロボットに乗り込み、ターゲットを待つ。ターゲットの重量はおよそ二トン、高さは約六メートル。

「レッド5《ファイブ》、位置につけ」

「了解《ラジャー》」

上司であるレッドリーダーの指示に従い、指定された座標まで移動する。

「今度は失敗するなよ」

ターゲットは秒速八キロで地球の地表から二百キロほど上空を周回している。周期はおよそ九十分。つまりミスをすると、もう一度チャレンジするために九十分待たなければいけなくなる。

ロボットの操作盤が赤く光り、ターゲットの接近を知らせる。予定通りだ。俺は目を凝らし、前方を見据える。来た。右手と左手、それぞれで操縦かんを握り身構える。この仕事は俺たちゾンビにしかできない。ライフル弾の発射速度が秒速八百メートルなのに対し、ターゲットは秒速八キロ。人間離れした反射神経が要求されるのだ。

十、九、八、七。電子音声によるカウントダウンが始まる。もう瞬《まばた》きはしない。ゼロを知らせるブザーが鳴ると同時に俺は両手を突き出し、ターゲットを受け止めた。

「しまった」

機体の逆噴射が足りなかったのか、俺は機体ごと後方につんのめった。体勢を立て直さないとターゲットと一緒に大気圏上をぐるぐる回ることになる。そんなのは御免だ。操作盤を必死に操作して、俺は最悪の事態を免《まぬが》れた。

操作盤で視点パネルを切り替え、ターゲットに傷がないか確認する。どうやら問題なさそうだ。

「任務完了しました」

「三十点」

リーダーの酷評に俺はため息をついた。これのどこがアットホームな職場なのだろうか。広告詐欺もいいところだ。

「人工衛星雷神三を回収。これより帰投する」

俺より三十キロ先で待機していたリーダーと合流し、俺は月面基地に戻る。


スペースデブリの回収。それが俺の仕事だ。


「おかえり。回収成功おめでとう」

シャワールームを出ると、先輩の薫《かおる》さん（※2‐1参照）が甘酒を片手に出迎えてくれた。五年前に月に来た薫《かおる》さんは株式会社スペーススキーパーの紅一点だ。面倒見がよい姉御肌で、俺はずっとお世話になりっぱなしで頭が上がらない。

「薫《かおる》、むやみに誉《ほ》めるな。調子に乗るだろ」

レッドリーダーこと轟《とどろき》さんがさらりと釘《くぎ》をさし、休憩室へと去っていく。轟《とどろき》さんはこの仕事について二十年のベテランだ。厳しいが悪い人ではない。「ご指導ありがとうございました」と、俺は頭を下げた。

「今日はもう帰っていいぞ」

そんな俺たちの様子を見て、薫《かおる》さんが笑う。

「轟《とどろき》さんとうまくやってるみたいだね。何より」

「そうですか？」

「半年ももってるのがその証拠だよ。合わない子は一日で音をあげるからね」

轟《とどろき》さんは口が悪い。仕事で俺がミスをすると、馬鹿、ウスノロ、とんま、間抜けと容赦なく罵詈《ばり》雑言が飛んでくる。新人が辞めるのも無理はなかった。

俺たちは廊下で立ち話をしながら甘酒をすすった。


「そうだ。今日望《のぞみ》がバーで歌うよ。一緒に見に行く？」

「え？　いいんすか。ありがとうございます！」

突然舞い込んだ幸運に俺はガッツポーズした。望《のぞみ》さんは薫《かおる》さんの友達だ。元々ここで働いていたのだが、副業である歌手の仕事が忙しくなり、今はそっちに専念している。

「俺、薫《かおる》さんがここにいる限り仕事辞めません」

望《のぞみ》さんのコンサートチケットは入手困難なのだ。このつながりを失うわけにはいかなかった。

「ゲンキンだねぇ、君は。では、バー・ブルームーンに七時で」

そう言うと薫《かおる》さんは颯爽《さっそう》と去って行った。

ロッカールームで荷物を取ってから休憩室に向かう。休憩室では轟《とどろき》さんが仏頂面《ぶっちょうづら》で新聞を読んでいた。

「お先に失礼します」

「ん。ちょっと待て」

轟《とどろき》さんが足元にある紙袋を拾い上げ、テーブルの上に置いた。

「お前にやる。持っていけ」

「いつもありがとうございます」

紙袋を持ち上げるとずしりと重い。こういうことは前にもあった。きっとビールか日本酒が中に入っているのだろう。俺は一旦寮に戻って荷物を置いてくることにした。部屋に戻り、お酒を冷蔵庫に入れようと袋を開ける。

「あれ？　何だこれ」

中に入っていたのは映像ソフトだった。ガンダム、エヴァンゲリオン、マクロス、マジンガーZと、聞きなれない単語が並ぶ。映像ソフトのケースにはいずれもロボットの絵が描かれていた。

机の上にできた映像ソフトの山を見ながら、俺は首を傾《かし》げた。

「夜遊びする暇があったら勉強しろってこと……なのか？」

あの真面目な轟《とどろき》さんがくれたソフトだ。きっとロボット操縦の教本か何かだろう、と俺は結論づける。しかしもう六時半だ。教本を見ている時間はなかった。

「轟《とどろき》さん、ごめんなさい」

俺はソフトの山に両手を合わせて詫《わ》びてから、バーに向かって駆け出した。

2-3　西暦二二二五年、滅亡まで八四三年（歌姫の祈り）

あの時、私は歌うつもりなんてなかった。

でも気づけば歌い出していた。

やっぱり歌いたいのだと思った。


西暦二二二五年三月、月面基地B―5ブロック。


「それでは、望《のぞみ》ちゃんの前途を祝して乾杯！」

今日、私は二年半勤めた株式会社スペースキーパーを退職する。これからはフリーの歌手として活動することになる。今はまだ、喜びよりも不安の方が大きい。

私はぎこちない笑顔を顔面に貼りつけたまま、ビールでみんなと乾杯した。

「来週のコンサートはみんなで行くからね」

狸《たぬき》のようにシルエットが丸い社長がにこにこと料理をとりわける。この大黒様みたいな笑顔に何度助けられたかわからない。

「短い間でしたが、大変お世話になりました。あまりお役に立てず申し訳ありませんでした」

私は深く頭を下げた。清掃員としての私は半人前もいいところで、いつもみんなに迷惑をかけていた。所詮私は音大出の世間知らず。結局一度も地球の周りを周回するスペースデブリをキャッチすることができず、ここ二年間は本社に残って事務作業に専念していた。

「いや、いいんだよ。人には向き不向きがあるし。それよりもキャンペーンガールの件、よろしく頼むよ、歌姫さん」

「本当に私でいいんですか」

社長は会社の広告に私の写真と歌を使いたいと、最近熱心に声をかけてくれているのだった。

「もちろんだよ。ね、薫《かおる》ちゃん（※2‐1参照）」

社長が隣のテーブルに声をかけると、私の同僚であり友達でもある薫《かおる》ちゃんがすっ飛んできた。

「そうですよ。望《のぞみ》は本当にすごいんですから」

私より三歳年上の薫《かおる》ちゃんが屈託なく笑う。薫《かおる》ちゃんは元ラクロス選手だ。ラクロスで培《つちか》った反射神経を武器に、スペースデブリを片っ端からばんばん回収している。社長曰《いわ》く、百年にひとりの逸材とのこと。あの強面《こわもて》の轟《とどろき》さんともうまくやっていて本当にすごいと思う。

「ねぇ、薫《かおる》ちゃん。初めて会った日のこと覚えてる？」

「もちろん。一緒にフライ・ミー・トゥー・ザ・ムーン歌ったじゃん。忘れるわけないよ」

「その前は？」

「その前？　えーと、甘酒飲んだね。一緒に」

「甘酒の前は？」

「甘酒の前？　何かあったっけ」

（あなたは私にこう言ったんだよ。黒いバナナを差し出して「これ食べない？」って）

それは私にとって大切な思い出なのだけれど、薫《かおる》ちゃんはすっかり忘れていて私は少しがっかりした。でも、それが薫《かおる》ちゃんなのだと思う。

西暦二二二二年八月、ゾンビ化によりブロードウェイでの契約を打ち切られた私は逃げるように種子島《たねがしま》へと赴いた。東京には帰りたくなかった。音大の同級生の華々しい活躍を噂《うわさ》に聞くだけで、心がざわついた。テレビの歌番組さえ見られなくなった。テレビ画面に映る歌手を見ては「あそこにいるのは私であるべきはずなのに」と思った。神を呪い、自分を呪い、半ば衝動的に月行きの清掃員の仕事に申し込んだのだった。

「あ、轟《とどろき》さん。どうしたんですか」

薫《かおる》ちゃんの隣、つまり私の目の前にどかりと轟《とどろき》さんが腰を下ろし、私は身構えた。実は轟《とどろき》さんは最初は私の教育係だった。しかし、私は轟《とどろき》さんのスパルタ方式についていくことができず、社長に泣きついて教育係を替えてもらったのだった。

轟《とどろき》さんは懐《ふところ》から封筒を取り出すと、私に差し出した。受け取って中身を確かめると紙幣が何枚か入っている。日本円にして三万円ほどだ。

「これからはもっといい服着ろよ」

そう言い残して轟《とどろき》さんは立ち去った。「あれはね、ステージ用の衣装を買えって言ってるんだよ」と薫《かおる》ちゃんの通訳が入る。私は慌ててお礼を言った。

それから色んな人に挨拶をしているうちにあっという間に時は過ぎ、会はお開きとなった。

「さぁ、それでは最後に我らが歌姫に一曲歌って頂きましょうか」

どこから持ってきたのか、社長がマイクを私に差し出した。「よっ、待ってました！」と幾人かが景気よく口笛を鳴らし、やがて拍手が巻き起こる。

私はお辞儀をしてマイクの電源を入れた。今日の観客はたったの五十人。でも、ここには私の大切なもの全てがそろっている。

月に来る前、私が歌ったのはフライ・ミー・トゥー・ザ・ムーンだった。

ならば今歌うべきはこの曲だろう。

「聞いてください。〈ムーン・リバー〉です」

これからは祈りを歌にのせて歌おう。どうかこの曲の歌詞のように素晴らしい世界が私たちを待っていてくれることを信じて。

そうして、私は大切な人々のために歌い始めた。

2-4　西暦二三二〇年、滅亡まで八四八年（甘酒はいかが）

西暦二三二〇年九月、東京・人形町。

柳太郎《りゅうたろう》は縁側に座りながら南の空に浮かんでいる中秋の名月を眺めていた。彼の手元には甘酒。代々酒屋を営んでいる彼の家は、副業として甘酒を作っている。毎日商品の品質を確かめるのが、柳太郎《りゅうたろう》の習慣だった。

「親父《おやじ》。ちょっといいか」

「何でい？」

柳太郎《りゅうたろう》の息子の柳一《りゅういち》が縁側に腰かけ、足をぶらぶらさせながら月を見上げた。

「月が綺麗《きれい》だね」

柳一《りゅういち》はなかなか話を切り出さない。ゆっくりと時間だけが流れていく。「仕方ねえな」と柳《りゅう》太郎《たろう》は自分から話を切り出した。内容は見当がついていた。

「俺に店頭に立つなって言いてえんだろ」

柳太郎《りゅうたろう》は二か月前ゾンビになった。家族以外の人間には事実を隠し、人間に擬態して生きていたのだが、露見してしまったのだろう。ここ二週間でお客の数はぐっと減った。ゾンビの感染経路が特定された今でも、ゾンビへの生理的嫌悪《けんお》感を払《ふっ》しょくすることはできておらず、それは柳太郎《りゅうたろう》も例外ではなかった。

「親父《おやじ》、俺ももう三十だ。今まで育ててくれてありがとう。親父《おやじ》はずっと一所懸命に働いてきたんだし、しばらくはゆっくりしたら」

さてどうしたものか、と柳太郎《りゅうたろう》は考えた。彼は根っからの商売人で、趣味らしい趣味を持っていなかった。死ぬまで働き続けると思っていたのだった。

空には相変わらず月がぽっかり浮かんでいる。あ、と柳太郎《りゅうたろう》は声をあげた。

「月だ」

「月がどうかしたの？」

「人間が俺を嫌がるなら、月に行けばいい。俺のお仲間がたくさんいらぁ」

後年、彼の息子である柳一《りゅういち》はこう語る。

「あの時思いました。親父《おやじ》には一生敵《かな》わないって」と。

翌月から柳太郎《りゅうたろう》は月と地球を往復する日々が続いた。すべきことは山ほどあった。就労ビザと飲食店営業許可の申請。柳一《りゅういち》への仕事の引継ぎ。一番難儀だったのは店舗の確保だ。月の一等地でお店を借りるほどの財力は柳太郎《りゅうたろう》にはない。どうしたものかと流石《さすが》の彼も頭をかかえた。そんな時、柳太郎《りゅうたろう》は欧米のゾンビが月面基地でリアカーを引いてヨーグルトスムージーを売っている様子から着想を得て、ある場所を訪れた。

「他人と同じなんてつまんねぇや」とつぶやきながら。

そんな柳太郎《りゅうたろう》が訪れたのは墨田区にある江戸東京博物館だった。

「学芸員の姉ちゃん、ちょいとすまねぇ。江戸時代の甘酒売りについて教えてくんねぇかい？」

柳太郎《りゅうたろう》が己の身の上をちょっとだけ誇張して話すと、学芸員はえらく同情してくれ、柳太郎《りゅうたろう》の計画を手伝ってくれることになった。このあたり、柳太郎《りゅうたろう》は抜け目がない男であると言えよう。

「江戸時代ですと、天秤棒《てんびんぼう》で甘酒を担《かつ》ぐスタイルが一般的ですね」

学芸員が江戸時代後期に発行された『守貞謾稿《もりさだまんこう》』の複製本を書庫から取り出し、柳太郎《りゅうたろう》に説明する。天秤棒《てんびんぼう》の両端には大きな木箱があり、前には食器類、後ろには甘酒が入った釜が入れられている。歩きやすいようにか、天秤棒《てんびんぼう》を担《かつ》ぐ町人の着物の裾は短めで、膝がむき出しになっている。

「これよ、これ。ありがとうな」

柳太郎《りゆうたろう》は資料のコピーをとって、博物館を後にした。

西暦二二二一年三月三日、柳太郎《りゆうたろう》は月で甘酒の販売を始める。場所は日本人居住区であるBブロックだ。無機質なビル群の上方には宇宙線から人体を守るための防護壁があり、空は見えない。

「今日はひな祭りだよ。寄ってらっしゃい見てらっしゃい。甘酒のお通りでいっ」

ほとんどの人が西洋風の装《よそお》いの中、江戸時代の町人姿で天秤棒《てんびんぼう》を担《かつ》ぐ柳太郎《りゆうたろう》は異質だった。人々の目は自然と柳太郎《りゆうたろう》に釘《くぎ》づけになった。柳太郎《りゆうたろう》はとある広場の隅に陣取り、釜の蓋を開け、味見をした。品質に問題はなく、ほっと胸をなで下ろす。

「What's this?」

最初に声をかけてきたのが日本人ではなかったので、柳太郎《りゆうたろう》はあせった。ここに来てようやく彼は自分が月で生活するにあたって必須なスキル、英語力を持っていないことに気づいたのだった。だが、彼はめげなかった。最初の客を逃すわけにはいかないと、試飲用に準備していたおちょこに甘酒をついで、お客に差し出した。

「じゃぱにーず・らいす・じゅーす。オーケー？」

お客は甘酒を飲むのが初めてのようで、まずは匂いを嗅ぎ、次はそっと甘酒をなめ、それからようやくおちょこに口をつけ、やっとこさ飲み干した。お客はおちょこを柳太郎《りゅうたろう》に返すと、財布を取り出した。甘酒を買ってくれるようだ。

「ファイブ」

柳太郎《りゅうたろう》は手のひらをお客の眼前に突き出した。甘酒は一杯五月《ムーン》ドル。日本で売るより百円ほど高い価格だ。

柳太郎《りゅうたろう》が紙コップを手渡してもお客は立ち去らず、柳太郎《りゅうたろう》に話しかけてくる。どうやら一緒に写真を撮りたいらしい。柳太郎《りゅうたろう》は快諾し、お客と一緒に写真を撮った。それを皮切りにお客が殺到する。日本人を含む誰しもが、甘酒を買った後柳太郎《りゅうたろう》と記念撮影したがった。

「なんだい照れるじゃねえか」

そんなことを言いつつ、満更でもない様子で甘酒をつぐ柳太郎《りゅうたろう》なのであった。

2-5　西暦二四二九年、滅亡まで六三九年
（流れ星は故郷へ）

「ほら、見て。あれがお父さんよ」

母が右手で夜空を指さす。いくつもの流れ星が現れ、そして消えて行った。

それが俺の人生で一番古い記憶。当時、俺は五歳だった。


西暦二四二九年、月面基地B―3ブロック。

月にある唯一の大学、国際宇宙大学航空科を卒業した俺はそのままパイロットになった。就職先はNPO法人シューティングスター。流れ星を人工的に作る会社である。給料は高くないが、残業はないし有休もちゃんと消化できるので、まずまず気に入っている。

「勇《いさむ》、準備できたか」

パイロット控室の扉が開き、先輩の一雄《かずお》さんが入って来る。俺は姿勢を正した。一雄《かずお》さんが

俺の髪型、服装、靴、はては爪先まできちんとチェックし、書類の空欄を埋めていく。

「よし。くれぐれも先方に粗相のないようにな」

「はいっ」

一雄《かずお》さんに敬礼してから、クライアントのもとに向かう。この仕事は信用第一。約束の時間より十五分前には集合場所である発着場にいなければならない。遅刻は論外だ。発着場に着くと、整備士である美鈴《みすず》が既に俺を待っていた。

「JPN-E5型、整備完了しました」

「いつもありがとう」

俺の愛機がピカピカに磨かれていて、今か今かと出番を待っている。

JPN-E5型、通称〈燕《つばめ》〉。燕《つばめ》に似た優美なシルエットが特徴の小型戦闘機だ。もっとも、俺たちの所属はNPO法人だから、実弾の装塡は許可されていない。

それから二十分後、クライアントが大きなワゴンを押しながら発着場に入って来る。俺たちは敬礼してクライアントを出迎えた。

ワゴンの上には十四センチの鈍色《にびいろ》の球体が十個載せられていた。

「それでは、よろしくお願いします」

クライアントが丁重に俺たちに頭を下げ、その次に球体に両手を合わせる。俺たちもそっと両手を合わせた。

球体の来歴について質問はしない。聞けば必ず眠れなくなるからだ。

クライアントが発着場を去るのを見送ってから、俺と美鈴《みすず》は作業に入った。薄手の白い手袋をつけ、流れ星となる球体をひとつずつ燕《つばめ》の中へと補充する。

「最近多いですね」

「あんまり感情移入するなよ。そういう奴《やつ》は辞めやすいんだ」

後輩の美鈴《みすず》にアドバイスしながら作業を続けた。特殊な金属でできた球体の中には圧縮された人骨が入っている。二十五世紀現在、宇宙葬が月面基地のスタンダードだ。小型戦闘機を使って、遺骨を納めた球体を地球の大気圏に向けて発射する。人道的にもコスト的にもこれが最良の策だ。

ゾンビは宗教によらず火葬と決められている。ゾンビ黎明《れいめい》期に遺体からの感染を恐れた人間が法律でそう定めたのだった。それを悪習と言う人もいるけれど、俺は日本人だから特に抵抗はない。粛々と任務を遂行するだけだ。

遺骨の搭載が終わったら次は天気のチェックだ。モニターを呼び出して日本の天気を最終確認する。本日は晴天。地球にいる遺族に流れ星の到着予定時刻を通知してから機体に乗り込んでヘルメットをかぶった。今回の落下予測地点は福岡を中心とする九州地方だ。もっとも球体は大気圏との摩擦熱で燃えて消失するため、地上に落ちることはない。

「先輩、お気をつけて」

ヘルメットに仕込まれた通信機から美鈴《みすず》の声が聞こえてくる。ああ、とだけ返事をして俺は宇宙に飛び出した。燕《つばめ》がスムーズに加速していく。美鈴《みすず》の整備の腕は中々だ。いい新人を引き当てたものだと思う。

星空の中に飛び出せば、月も地球も関係ない束《つか》の間《ま》の自由を感じることができる。宇宙葬の仕事は火星調査員の仕事に比べれば地位がまだまだ低いけれど、俺は自分の仕事が気に入っていた。

この仕事をしている時だけ、俺は父さんを身近に感じる。父さんは母さんが俺を妊娠している間にゾンビになり、月に出稼ぎに行き、そして死んだ。月面に地下都市を造る際の落盤事故に巻き込まれたそうだ。もう二十年になる。

半日ほどの遊覧飛行の後に、目標を発見する。前方にあるのはオーストラリア。高度は約四百キロ。日本列島上空に流れ星を発射するには、この場所が一番だ。今日の南半球は雨模様のようで、オーストラリア大陸のほとんどは雲に隠れている。

燕《つばめ》を静止させ、発射角度を計算する。現在地から日本までおよそ七千キロ。わずかなズレが大きく響く。コンピュータの指示に従い発射口を調整すると、後は予定時刻まで待つだけだ。エンジンで温まった座席の心地よさに身を委ねながら、心の中でカウントダウンを始める。

「帰ろうな、地球に」

それは誰に向けてつぶやいた言葉だったろう。これから見送る人にだろうか。かつての父だろうか。それとも、未来の自分にだろうか。

ボタンを押すと、発射口から球体が十個飛び出した。球体はまるで意思を持ったかのように一直線に日本列島に向かって飛んでいく。きっと地上では遺族が固唾をのんで流れ星の軌跡を目で追っていることだろう。あの日の俺と母さんみたいに。

2-6 西暦二四〇九年、滅亡まで六五九年（月面地下都市建造計画）

いい奴《やつ》ほど先に死ぬ。

アイツが死んだ時、そう思った。

そうして、俺は今日も生きている。


西暦二四〇九年。月面、北緯14・2度、東経303・3度。

月面にあるマリウス丘《ヒル》には地下空洞につながる巨大な縦穴がある。直径と深さ、共に五十メートル。縦穴から西方に数十キロ続く空洞を拡張するのが俺たちの仕事だ。

月面地下都市建造計画、と言うらしい。

作業は単純だ。ツルハシをふるい、岩石を打ち砕く。ただ、それだけ。掘りだした岩石はそのまま自分の取り分、つまり食料になる。ロボットやパワードスーツなんて高級なもんはここにはやってこない。学も教養もない前科者の流れ着く先がここだ。日本政府はまだやっていないが、国によっては囚人をここに送り込む。

ここではゾンビの命はロボットより安い。

安物の宇宙服を着た俺たちは黙々と働く。一日分の宇宙線許容量を超えると、宇宙服に内蔵されたブザーが時を知らせる。今日は五時間ぶっつづけで働いた。地下空洞の終着点から定期的に出発する輸送車に乗り込み、縦穴付近に建設された寮に戻る。

「正人《まさと》さん、お疲れ様です」

部屋に戻るとルームメイトの勇気《ゆうき》が俺を出迎えた。今日は非番だったらしく、口からウイスキーの匂いがした。机には写真立てが置かれている。勇気《ゆうき》の妻である文香《ふみか》と五歳になる息子の勇《いさむ》の写真だ。勇気《ゆうき》は酒に酔う度に家族の話をするのでもう覚えてしまった。

「ちょいと寄越せ」

机の上にあるグラスを手に取り、ウイスキーを一気にのどに流し込む。ただで他人ののろけ話を聞くほど俺はお人好《ひとよ》しじゃない。非難されるいわれはないはずだった。

「もうすぐ給料日だな。どうする。やるか」

俺は手荷物からトランプを取り出した。月は娯楽があまりない。月面基地から離れたところで働く俺たちは尚更《なおさら》だ。当然、博打《ばくち》が流行《はや》る。ポーカー、麻雀《マージャン》、丁半《ちょうはん》、花札と何でもありだ。要領のいい奴《やつ》は給料よりも稼ぐ。

「やりませんよ。知ってるくせに」

勇気《ゆうき》がもうひとつグラスを取り出し、ウイスキーを注ぐ。勇気《ゆうき》は給料の大半を天引きにして地球にいる家族に送金している。博打《ばくち》に回す金があるはずもなかった。

「お前も馬鹿だな、こんなところまで来て。いい金づるだ。どうせ嫁も別の男ともうよろしくやってるさ。お前みたいなゾンビじゃない、普通の人間とな」

「文香《ふみか》はそんな女じゃありません」

そこから勇気《ゆうき》の嫁自慢が始まる。俺はベッドに横になり目をつむった。実を言うと、勇気《ゆうき》の家族自慢は嫌いじゃない。勇気《ゆうき》はどこまでも真《ま》っ直《す》ぐな男で、汚《けが》れがなかった。俺たち流れ者とは違う。勇気《ゆうき》はまだ人間の善良さを信じているのだ。

「俺にもお前みたいな頃があった」と言えば勇気《ゆうき》は笑うだろうか。

翌朝、目が覚めると勇気《ゆうき》はもういなかった。仕事に行ったらしい。昨日俺が使ったグラスは綺《き》麗《れい》に洗われ、棚の中に戻っている。

「相変わらず真面目なこって」

トイレに行った俺はまた布団《ふとん》に包《くる》まり、目を閉じた。俺ももう四十七だ。体力仕事はもうキツイ。途中、ドアをばんばん叩《たた》く音がしたが無視した。どうせ酔っ払いが暇を持て余して部屋に来たのだろう。そう思ったのだ。


その日、勇気《ゆうき》は帰ってこなかった。


翌日、いつも通り仕事に出かけると何やら現場が騒がしい。

「おい正人《まさと》。お前昨日は何してた」

博打《ばくち》仲間のヤスが人混みから俺を捜しに来る。昨日ドアを叩《たた》いていた犯人はこいつか。ため息しかでない。

「寝てた」

「もしかして知らないのか」

「何をだ」

「昨日落盤事故があった。六人死んだ。非番の奴《やつ》も駆り出されて大騒ぎさ。そんな中グースカ寝てたとは羨ましいね」

ヤスは喜々として事故の様子を語った。一種の興奮状態にあるのか、いつもより饒舌《じょうぜつ》だ。周囲にいる日本人がヤスを中心に集まり、情報を交換する。そのうち誰かが「昨日非番でよかった」と言い出し、それを聞いた人々は一様に「そうだ」とうなずき、己の幸運を称《たた》えた。俺は無性に腹が立った。なぜそんなに腹が立ったのかはわからない。

その日の作業を終えて部屋に戻ると、もう勇気《ゆうき》の荷物はなくなっていた。つまりはそういうことだ。明日には新しい奴《やつ》が部屋に来るだろう。棚には飲みかけのウイスキーの瓶とグラスがふたつ残っている。それだけが勇気《ゆうき》がここにいた証《あかし》だった。

それから五十人ほどの命を犠牲にして、地下都市は完成した。俺は六十になっていた。退職金はそれなりに出たから、日がな一日ぶらぶらしている。博打《ばくち》はとっくにやめた。暇を持て余すと俺はウイスキーの瓶とあのグラスを持って地下都市にある庭園を訪れる。そこには庭園に植えられた木々に隠れるようにして、ひっそりと慰霊碑が眠っている。

庭園のアーチをくぐり、ケヤキ並木を通り抜けると、金色のプレートがびっしり貼りつけられた黒の御影石《みかげいし》が俺を出迎えた。プレートには工事で犠牲になった六十七名の名前がそれぞれ刻まれている。グラスにウイスキーを注ぎ、慰霊碑に供える。御影石《みかげいし》が土埃《つちぼこり》でくすんでいるので、雑巾でぬぐった。「Yuki Enomoto」と刻まれた文字はいつもと同じ場所で輝いている。

「よう、元気か」

俺は勇気《ゆうき》の名前が書かれたプレートを丹念にぬぐった。こんなことをしても意味がないことはわかっている。

そんな時、俺の背後から声がした。

「あの、父の知り合いの方ですか」

振り返った俺は心臓が口から飛び出るかと思った。そこには勇気《ゆうき》がいた。いや、違う。息子の勇《いさむ》だ。父親そっくりの澄んだ瞳をした青年が俺の傍《かたわ》らに立っていた。俺の沈黙を肯定と受け取ったのか、「父がお世話になりました」と勇《いさむ》は頭を下げた。

「どうして月に？」

「国際宇宙大学の航空科に受かったので」

「航空科に？　すごいな。賢いじゃねぇか」

「いえ、まぐれです」

勇《いさむ》は照れくさそうに頭をかいた。

「今日は親父《おやじ》さんに報告に来たのか」

「そうです」

勇《いさむ》は右手に持った花束を慰霊碑に供えると、両手を合わせて目をつぶった。すっと通った鼻筋は母親の文香《ふみか》に似ている。少しウェーブがかかった髪も。俺はふたりの面影を勇《いさむ》の中に見つけ出そうと躍起《やつき》になった。

「父はどんな人でしたか」

お参りが終わった勇《いさむ》が俺に問いかける。そこが限界だった。いつしか俺は泣いていた。すんでのところで叫びそうになる。

俺はお前の親父《おやじ》を見殺しにしたんだ。

勇《いさむ》に伝えるべき懺悔《ざんげ》は言葉にならず、宙に消えた。この期に及んで、俺は他人に軽蔑されるのが恐《こわ》いのだ。自分で自分に吐き気がする。涙はとめどなく流れ出て、果てしがない。

「大丈夫ですか」と勇《いさむ》が俺に駆け寄り、背中をさすった。そう言えば昔にもこんなことがあった。調子に乗って月の石を食べ過ぎた俺がトイレで吐いてると、アイツは血相を変えてすっ飛んできて、ずっと背中をさすってくれた。

なあ勇気《ゆうき》、見ているか。倅《せがれ》は立派に育ったな。

女房《にょうぼう》もきっといい女なのだろう。

あれから十三年経《た》った今でも、俺はお前が羨ましくてならない。

2-7　西暦二八三〇年、滅亡まで二三八年（ロバート・ワイルド）

※西暦二八三〇年七月。後に〈予言者〉と称されることになる国際宇宙大学名誉教授ロバート・ワイルドの退職スピーチより抜粋

今一度、諸君にロボット工学の大切さを告げたい。人類の総人口は日々減少しており、歯止めがきかない状況だ。我々新人類は子を生《な》せない。地球から人員の補給が途絶えた今、ロボット以外に頼れる存在はないのだ。

私の予測では三十二世紀に人類は滅亡する。

まずはこのグラフを見てもらいたい。人口動態統計の推移だ。ここ百年間、死亡数が常に出生数を上回っており、総人口は年々減少の一途をたどっている。

次は新人類化の平均年齢の推移を押さえておこう。若年化が進んでいるのが嫌でもわかるだ

ろう。旧人類の新人類化は我々が想定するよりも速いスピードで進行している。もう防ぐ手立てはない。

かつて、我々は認識を誤った。新人類は旧人類の進化した姿ではない。ただの突然変異体《ミユータント》だ。亜人《デミヒユーマン》という呼称でもいい。生殖器を持たない我々は生命の環《わ》から外れており、未来はないのだ。

二十七世紀末、我々は旧人類に反旗を翻《ひるがえ》し、政権を奪取した。今思うとあれが運命の分岐点だったように思う。その時世界各地で起こった新人類による旧人類の虐殺が旧人類の総数を激減させ、今日の危機を招いている。

そこの君。何だね。大学敷地《しきち》内は銃の持ち込みは禁止されているはずだ。

「新人類に対する侮辱は看過できない？」

なるほど、新人類党の熱心な党員というわけだ。よかろう、撃ちなさい。狙うなら心臓か脳だ。それまで私はここで話の続きを語るとしよう。

赤シャツの君。質問を許可する。

「現状を打破する手立てはないのか」

なるほど。君は何科の学生かね。ふむ。
そうだな、私がもしあと三十歳ほど若かったとすれば、タイムマシンの開発に励むだろう。そして過去を変える——なんてね。これは冗談だ。

現実的には人工子宮の開発が一番可能性が高かろう。だが、当大学には生命工学科はない。理由はご存じの通りだ。我々は卵子や精子といった生物の配偶子を扱うようには造られていない。生命は我々に属さない。あれは旧人類のものだ。その点、我々は呪われていると言ってもいいのかもしれない。ひょっとするとあの忌《い》むべき言葉〈ゾンビ〉が我々を表すのに一番適していた言葉なのかもしれないね。

そこの君、撃たないのか。撃たないなら席につきなさい。

さあ、もう時間だ。私は行くとしよう。
最後に一言。
我々は己のなすべきことをしよう。今後の諸君の活躍に期待している。

2-8　西暦二二三一年、滅亡まで八三七年（第一次火星調査）

人間にもいい奴《やつ》はいる。

そんな単純なことを俺たちは忘れていた。

かつては自分たちも人間だったはずなのに。


西暦二二三一年、火星上空。


「ありえない」

オデッセイⅡ号の船長であるセルゲイが肩を怒らせて操縦席から戻って来る。普段温厚な彼が怒る姿を初めて見た俺とナタリーは少なからず動揺した。

「どうしたの、セルゲイ」

船員の中で最年長のナタリーが操縦室中央にあるテーブルを指さし、セルゲイに座るよう促す。セルゲイはしばしためらった後、椅子に腰かけた。彼は「驚かせてすまない」と言うと目をつぶり、大きく息を吐いた。目を開けるともういつものセルゲイだ。

「ユーイチ、悪いがみんなを起こしてきてくれないか」

船長の命を受け、寝室へと向かう。まずは女性陣のエミリーとアミナを起こす。それからチャン。

「何だよユーイチ。緊急事態か？」

寝起きが悪いチャンが寝ぼけまなこをこすりながら不平を漏らす。

「地球から通信が入った。セルゲイが怒っている」

「本当か？　緊急事態じゃないか」

チャンは急いで寝袋から飛び出すと、操縦室に向かって駆け出した。俺はあえてゆっくり歩いた。何を言われても動揺しないよう、心づもりをしておきたかったからだ。操縦室に向かう途中でいったん足を止める。そこには渡り廊下がある。人間用の宇宙船、オデッセイI号との連結部だ。昨日から宇宙船を連結して、回転させている。遠心力によって疑似重力を発生させた。長旅の疲れを癒《いや》し、しっかり休息を取るためである。シャッターが下りているから、向こう側は見えない。

外から宇宙船を眺めれば、巨大な乳白色のプロペラがぐるぐる回っているように見えるだろう。発電用の太陽帆《たいようほ》も広げているから、黒色が混じった風車《かざぐるま》にも見えるかもしれない。

明日には火星上陸が待っている。二十一世紀初頭の宇宙計画から二百年遅れて、人類は火星に到達した。無人探査機により火星の南極に水資源があることもわかっている。何も問題はないはずだった。

操縦室の方から「早く来いよ、ユーイチ」とチャンの声がする。俺は早足で操縦室に戻った。

「みんなそろったな。では、事実だけを簡潔に述べよう。明日の火星上陸だが、赤道付近にあるエリシウム平原に上陸するのは人間だけだ。我々は水の確保のため火星の南極に向かい、そこで降下する」

しばしの間、沈黙が訪れる。みんな馬鹿じゃない。事情は痛いほどよくわかっている。火星上陸は人類の一大イベントだ。被写体により美しい方が選ばれるのは、当然の成り行きだった。おおかた「ゾンビをテレビに映すな」と一部の視聴者が抗議したのだろう。よくあることだ。

「私たちはテレビ画面に映るのにふさわしくない、というわけね」

皮肉屋のエミリーが舌打ちするのを、ナタリーがなだめる。

「仕方ないわ。私たちの今の姿はこんなだもの」


月面基地から火星まで三か月かかる。荷物の量も膨大だ。化粧品、消臭剤、コンタクト用品といった余剰品を詰め込む余裕が宇宙船にはなかったのである。深紅色の瞳はむき出し、青白い素肌も空気にさらしたままだ。腐臭もひどいらしく、オデッセイⅠ号とⅡ号をつなぐ連結部はシャッターで閉ざされている。今回の有人火星調査は「人間とゾンビの融和」が目的のひとつに掲げられていると言うのに。とんだお笑い草だ。


「ありえない。そもそも水が足りないのは人間どものせいじゃねえか」とチャン。

ゾンビと違って、人間は酸素を必要とする。宇宙船内の酸素は水を電気分解して作られた。つまり、膨大な量の水が人間のために消費されたのだった。

「人間が南極に行くべきだと思うわ」とアミナ。いつもチャンの暴走を止める彼女が、珍しくチャンに賛同したので俺は椅子から転げ落ちそうになった。どうやらみんな相当怒っているようだ。

エミリーが「そもそもオデッセイⅡ号に私たちの荷物が積めなかったのは人間様の食料がかさばったからじゃない」と火に油を注ぐ。食べ物の恨みは恐ろしい。人間がちゃんとした宇宙食を食べる一方で、俺たちは宇宙空間を漂うスペースデブリや岩石を拾い集め飢えをしのいでいたのだった。

要するに、俺たちはただの荷物持ちだったということだろう。火星に着いた以上、もうお役御免なのだ。そんな思いが胸を去来したが、口には出さない。これ以上場の雰囲気を悪くしたくなかった。

「ユーイチ。君はどう思う」

セルゲイに急に話題を振られて、俺は頭を抱えた。「命令を無視してエリシウム平原へ着陸すべき」と断言するほどの勇気はなく、「命令は命令だ、仕方ない。おとなしく南極へ行こう」と割り切ることもできない。

「ええと、ムハンマド船長は何と？」と、お茶を濁す。

「ありがとう、ユーイチ。そう言えばまだ彼の意見を聞いていなかった」

セルゲイが操縦席へ行き、オデッセイⅠ号との通信を開始する。

「やあ、セルゲイ」

頭部にターバンを巻いたあごひげの男がスクリーンの向こう側に現れた。

「ムハンマド、起こしてすまない。よく眠れたか」

セルゲイとムハンマドの会話が始まり、俺たち五人は固唾を呑《の》んでふたりの様子を見守った。会話の流れによってはチャンが銃を持ってオデッセイI号に突撃しかねない。俺はそっとナタリーに目配せした。

しばらくは他愛もない世間話が続く。先に話を切り出したのはムハンマドの方だ。

「明日の予定だが——我々は指令通り南極に向かう。エリシウム平原の調査は頼んだ」

「何を言ってるんだ？　南極に行くのは我々のはずだが」

ムハンマドは人差し指を口に当てて微笑《ほほえ》んだ。

「静かに。みんなが起きてしまう」

「いや、しかし」

「我々は恥知らずじゃない。プライドだってある。自分たちで使う水くらい、自分たちで取りに行くさ。明朝、船を分離して南極に向かうよ」

そこで通信は途絶えた。セルゲイが通信ボタンを何度か押して連絡を試みたが、反応はない。ムハンマドは自分の考えを翻《ひるがえ》すつもりはないようだ。セルゲイはしばらく呆然《ぼうぜん》としていたが、やがて小さくガッツポーズをした。俺たちに背中を向けているから、表情は見えない。しかし、顔が見えなくても、彼が喜びに打ち震えているのがわかる。それは俺たちも同じだ。誰もが目配せをかわしあい、この奇跡に感謝した。

エリシウム平原に旗を立てる。それを夢見ない宇宙飛行士なんていない。

「さぁ、諸君。話し合いをしよう。誰が最初に火星に足を踏み入れるかを」
セルゲイが軽くステップを踏みながら自席に戻る。
チャンとエミリーが真っ先に自分の顔を指さし、ナタリーとアミナは「セルゲイが行くべき」と口にする。
「一対一対二だな。ユーイチ、君はどう思う」

まったく。この船長は何でいつも難問を俺にばかり押しつけるのだろう。でも、こんな難問なら大歓迎だ。俺は腕を組み、目を閉じて、みんなが満足する回答を探し始めるのだった。

2-8・5　幕間《まくあい》（人間という生き物）

ゾンビを見て嫌悪《けんお》感を覚えない人間はいない。

血の色をした禍々《まがまが》しい瞳。腐臭。死者より醜い肌の色。

だが、私は——


西暦二二三一年、オデッセイI号船内。

スクリーン上にはひとりのゾンビが映し出されている。オデッセイII号の船長・セルゲイだ。ゾンビ化さえなければオデッセイI号の船長になるはずだった男だ。

「ムハンマド、起こしてすまない。よく眠れたか」

セルゲイは地球から理不尽な指令が来たことなどおくびにも出さない。それが彼だった。ゾンビ化に伴うありとあらゆる苦難も、彼の尊厳を傷つけることはなかった。

私は友人として誇らしく、そしていささかばかり悔しく思う。

いよいよこの時が来たのだ。私はセルゲイに気取られないよう呼吸を整えてから、話を切り出した。

「明日の予定だが——我々は指令通り南極に向かう。エリシウム平原の調査は頼んだ」

「何を言ってるんだ？　南極に行くのは我々のはずだが」

私は人差し指を口に当てて微笑《ほほえ》む。一世一代の演技だ。上手に笑えているといいが。

「静かに。みんなが起きてしまう」

「いや、しかし」

「我々は恥知らずじゃない。プライドだってある。自分たちで使う水くらい、自分たちで取りに行くさ。明朝、船を分離して南極に向かうよ」

そうして私はオデッセイⅡ号との回線をオフにする。数秒後、オデッセイⅡ号から通信が入ったが無視する。通信を知らせる緑色のランプが消えるまで、私はずっと操縦席に座ったまま、ランプの明滅を目で追っていた。やがてランプの灯《あか》りも消える。

「私を愚かな男だと思うかい？」

操縦席に座ったままドア付近に佇《たたず》む人影に声をかけるが、返事はない。きっと呆《あき》れているのだろう。私が独断で人類初の火星着陸の切符を投げ捨てたからだ。

「私は今日で船長の任を退こう。後任にはダニエルを推薦する」

暗がりの気配が蠢《うごめ》いたが、なおも返事はない。

「我々人間は、宇宙空間では無力だった。常に水と食料の残量に怯《おび》え、酸素ボンベがなければ船外活動もままならない。違うかい？」

「――違わないわ」

ようやく影が答えた。正体はフェイだ。いつもは凛《りん》として張りがある彼女の声が、微《かす》かに震えている。その声に込められた感情が怒りなのか悲しみなのかはわからない。

「私を撃つかい？」

室内に再び沈黙が訪れる。フェイは答えない。私は彼女が銃弾を放ちやすいように目を閉じた。彼女には私を撃つ権利がある。他の乗組員にもだ。私は人間を裏切り、ゾンビに屈したのだ。罰せられるべきだった。

一歩、二歩、三歩。徐々にフェイが近づいてくる。

「これを」

フェイが私の手に何かを無理やりねじ込んだ。銃ではない。感触でハンカチとわかる。

「すまない」

ハンカチはすでに少し濡《ぬ》れている。フェイが既に使ったようだ。彼女の目尻に微《かす》かに涙の跡がある。私も彼女に倣《なら》い、瞳からこぼれ落ちそうな涙をハンカチでぬぐった。

「あなたは正しいことをしたわ。みんなきっとわかってくれる」

フェイが椅子ごしに背面から私を抱きしめる。肩に回された彼女の手は温かく、頬をかすめた黒髪からはとてもいい香りがした。まるでこどものように彼女に身を委ねながら、私は思う。

地球のみんなは言う。

ゾンビは醜い。ゾンビは汚い。ゾンビは臭い。

だが、それでも――私はゾンビになりたかった。

「ムハンマド、少し休んだ方がいいわ」

フェイに操縦室を追い出され、私は寝室へ向かう。途中、オデッセイⅡ号との連結部の前を通りかかった。閉ざされたシャッターの向こうからはにぎやかな声が聞こえる。私の心は静かだった。もう強がる必要はない。シャッターに手を添えてつぶやく。私から彼に対するはなむけの言葉だ。

「結局君には一度も勝てなかったな、セルゲイ」

私は目を閉じ、セルゲイが人類で最初に火星の土を踏みしめる瞬間を夢想する。それは全く悪くなかった。きっと彼はたどり着くだろう。長年夢見ていた場所に。

私は彼の信じる神が彼を守ってくれることを願った。

そうして、ただの人間である私は寝室に向かって歩き始めた。

2-9　西暦二四二三年、滅亡まで六四五年（月面の車窓から）

東京・博多《はかた》間は約千二百キロ。
月面基地・マリウス丘《ヒル》（地下都市）間も約千二百キロ。
そういうわけで、私は今日も運転士として働いている。

西暦二四二三年、月面基地駅。

会社のロッカーで制服に着替えた私は、リニアモーターカーの運転席に腰かける。この仕事は気楽だ。月面基地駅とマリウス丘《ヒル》駅を往復するだけである。線路はずっと直線だから、カーブで減速するといった煩わしい作業もない。千二百キロを、およそ二時間で駆け抜ける。
月面基地線は地下都市の完成と共に開通した。宇宙線の人体に及ぼす影響を考慮し、地下深く造られている。地上には一切出ないので、車窓から見える景色はトンネルの壁面のみという味気無さだ。

おっと、時間だ。

車掌のジョンからの合図を待ち、扉を閉める。

無人自動運転が主流であるこの時代にわざわざ運転士と車掌を雇うのは「ゾンビの雇用を促進するため」らしい。月面基地のゾンビ人口は増加の一途で、失業問題が深刻化している。火星への入植計画が進められてはいるけれど、地球から遠く離れた星に行きたがるゾンビは少ない。

右手でブレーキを解除し、左手でマスコンを手前に倒す。十両編成のリニアがゆっくりと動き出す。最初は普通の線路の上を車輪で走行するので、ガタゴトと音が鳴る。この瞬間が好きだ。いかにも走っているという実感が持てる。時速が二百キロに達すると、車輪は自動的に格納され、浮上走行が始まる。後はマリウス丘《ヒル》駅に到着するのを待つだけだ。浮上走行中は無人自動運転だから、私の出る幕はない。私は素直に目を閉じ、AIに運転を任せた。

現在、総人口に占めるゾンビの割合はおよそ二割。それを高い確率と思うか低い確率と思うかはその人次第だ。ちょっとしたロシアンルーレットなのである。私は敗者だ。一年前、ゾンビになってしまった私は逃げるようにして月に来た。家族も故郷も、自分を繋《つな》ぎとめる鎖にはならなかった。自分が情に薄い人間であるということを、私はゾンビ化で思い知った。

「ゾンビでもいいから行かないでくれ」と泣く両親。

「ゾンビになっても友達だからね」と飲み会に誘ってくれる友人。

「そのうち俺もゾンビになるかもしれないし。何で別れるなんて言うんだ」と言ってくれた恋人。


サングラスを通して見る彼らの姿はどうにもピンボケして見えて、私はうまく息が出来なかった。私の皮膚はぐずぐずと腐っていき、体の内側から変容しつつある。親指と人差し指の力だけで五百円玉を捻《ね》じ曲《ま》げることだってできるのだ。私は自分で自分が恐ろしかった。だから昔の仲間である人間を捨て、月に来たのだ。

「まもなくマリウス丘《ヒル》駅に到着します」とアラームが作動した。どうやらいつの間にか眠っていたらしい。無人自動運転を解除し、姿勢を正す。前方に駅の灯《あか》りが見えた。マスコンを押し戻し、徐々に減速すると、わずかに重力を感じた。時速六百キロが短期間でゼロになるのだ。当然、減速Gが生じる。

右手でブレーキを作動させ、速度計がゼロになったのを確認してから扉を開ける。ぞろぞろとゾンビの集団が改札口に向かって歩き出す。窓から身を乗り出して乗客の様子を眺めていると、小さなこどもが「運転士のお姉さん、バイバイ」と手を振ってくれた。私も笑顔で手を振り返す。

乗客に人間はいない。ゾンビの腐臭に耐えられないからだ。昔はそれなりに人間の観光客がいたらしいが、体調不良で倒れる者が続出し、やがて人間向けの月面ツアー自体開催されなくなった。月面は名実ともにゾンビの王国になりつつある。だから私は嬉《うれ》しい。比較対象の人間がいなければ、自分が何者であるか考えなくて済むからだ。


「よう、ツバキ。相変わらずしけた面《つら》してるな」

右前方から次々と飛んでくる丸い粒を右手だけでキャッチする。数は五。車掌であるジョンのおやつのおすそ分けだ。今日はプロセスチーズ。

「ありがとう」

「なぁ、やっぱりお前は自警団に入った方がいいよ」

ジョンのいつもの口癖だ。私の動体視力はゾンビの中でもいい方らしい。だから能力に見合った仕事に就くべきだ、というのが彼の主張だ。

現在、月に正式な治安機構は存在しない。国連に幾度も提出された月面基地防衛軍創設案は却下され続けている。人間は「構成員がゾンビのみの軍隊」の創設を異様なまでに恐れている。どの国の政府も月に軍や警察を置くのを嫌がった。それが今の無秩序状態につながっている。

そこで結成されたのが自警団だ。

「でも、私電車の運転しかできないし」

「それは人間だった頃の話だろ。今は違う」

自警団の入団試験に落ちたジョンは事あるごとに私に自警団への入団を勧める。

「無理だよ。銃なんて撃ったことないし」

「これから学べばいい。何なら俺が教える」

ジョンがポケットからチーズを取り出し、次々と投げてくる。まるで雪合戦みたいだ。食べ物を粗末にしたくはないので、私は両手を使ってチーズをキャッチした。今度は十個。

「ほらな。やっぱり目がいい」

一口にゾンビ化と言っても個人差がある。大雑把に分けると、頭脳が明晰《めいせき》になるケースと、身体能力が著しく上昇するケースの二種類だ。私は後者。もちろん、ジョンのように特別な才能に恵まれない者もいる。ジョンは私が羨ましいらしいが、私はジョンが羨ましかった。特別な才能に恵まれないゾンビの方が、人間味を残しているように思えたからだ。

肉体強化型のゾンビは力に溺れ、凶行に走るケースが多い。自警団に入ると否《いや》が応《おう》でもそういうゾンビと向き合わねばならない。今の私には荷が重かった。

「ほら、またブサイクになってるぞ」

ジョンが笑いながら私の髪をくしゃくしゃにする。彼には地球に残してきた娘がいる。私と同じ年頃らしい。月では誰もが何かしら欠落を抱えて生きている。ジョンもきっとそうだ。でも彼はいつも笑っている。

残りの人生をどう過ごせばいいかは、まだわからない。

いつかはジョンのように笑えるだろうか。そうだといいな。

さあ、時間だ。ジョンと一緒に乗客が乗り込んだことを確認して、扉を閉める。手元の赤いスイッチを強く押すと、転車台が百八十度回転し、前方にトンネルが姿を現す。月面基地駅に戻るのだ。線路のポイントが自動でがしゃんと切り替わる。

往路と同じように、右手でブレーキを解除し、左手でマスコンを手前に倒す。十両編成のリニアがゆっくりと動き出し、スムーズに加速していく。

フロントガラスに自分の顔が映る。深紅色の瞳はいつでもそこにあって、私を見張っている。ゾンビの瞳は深淵《しんえん》に似ていた。のぞき込んだ分だけ、深淵《しんえん》がこちらをのぞき込む。まるで鏡みたいに。

五秒が限界だった。自分をそれ以上正視することができず、私は目を閉じた。リニアの駆動音が胎内音のように心地よく耳に響く。今はただ胎児のように体を丸めて眠っていたい。いつかはここから出て行かないといけないとしても。

その時の私は知らなかった。ジョンが転職に消極的な私を見かねて、勝手に自警団入団試験に私の名前で書類を提出していたことを。それをきっかけとして私の人生は大きく変わることになるのだが——それはまた、別の話。

2-10　西暦二四二四年、滅亡まで六四四年（弁当屋稼業は楽じゃない）

月は、西部劇の世界に似ている。

荒涼とした大地。無法者ども。そして、銃。

西暦二四二四年、月面上空。

両手をあげながら私はため息をつく。宇宙海賊に狙われるのはこれで四度目。本日の売り上げの損失を考えると笑ってはいられない。目の前では眼帯の男がアルバトロス号の操縦席にふんぞり返って、彼らの根城・ティコクレーターに向かって船を走らせている。このご時世、クレーターは悪党の住処《すみか》と相場が決まっている。

二年前にマリウス丘《ヒル》の地下都市が完成したのはいいけれど、それと同時に職にあぶれたゾンビたちが悪事を働くようになった。真面目に働くより弱者から奪う方がたやすい。そう考える不届き者はいつの世も存在する。

私は右手の人差し指を三回前後に動かした。仲間への合図だ。

ついでに横目で敵の総数を確認する。

宇宙海賊の数は全部で十人。こちらは五人。私以外の四人は後ろ手を特殊なケーブルできつくしばられ身動きが取れない。私が見逃されているのは女だからだろう。もっとも、頭に銃を突きつけられてはいる。

船が月面基地のある北極域からどんどん離れていく。今頃空港では太郎おじさんがアルバトロス号の到着を待ちわびているはずだ。事態に気づいて、通報してくれるといいけれど。

「安心しろ。俺たちも命までは取らねえよ」

私の頭に銃口を突きつけている男がニタニタと笑っている。イタリア語訛《なま》りの英語が癪《しやく》に障《さわ》る。「さっさと殺してしまおうか」とも思ったけれど、顔には出さない。男の目には私が恐怖に震えているか弱い小娘のように見えているはずである。なぜなら、私の瞳は涙でうるんでいるから。無論、嘘泣《うそな》きである。必要とあらばミリリットル単位で涙の出し入れが可能だ。私の特技のうちのひとつである。そうでもないと弁当屋稼業《かぎょう》はやっていけない。

操縦席の時計は11：45を表示している。よし、あと五分でこの茶番劇も終わりだ。

後方から得も言われぬいい香りがして、私ののどが反射的に音を立てる。男たちが勝手に保温庫を開け、熟成三日目の弁当を食べだしたのだ。許すまじ、宇宙海賊。

うへえ、と男のひとりが奇声をあげる。どうやら納豆弁当に当たったらしい。

「何だこれ。腐ってやがるぜ」

と、ゾンビのくせに変な言いがかりをつけてくるので私は不覚にも笑ってしまった。元々、ゾンビ向けの弁当だ。腐っているのは当たり前である。男ががさごそと他の弁当の包みを開け、今度は喜びの声をあげる。唐揚げ弁当に当たったらしい。

月面において、肉は希少品である。野菜もだ。現代の技術では地下都市に実験的に植物を育てるのが関の山だ。だからこそ私たち弁当屋がせっせと地球からごはんを運んでいるのである。地球で売れ残った一個五百円の弁当が、月では二千円で売れる。運送費を差し引いても、悪い商売ではなかった。

時計が11：49を指している。時間だ。私は目をつぶった。一分後、船内をまばゆい閃光《せんこう》が包む。宇宙海賊が悲鳴をあげながら両手で目を覆う。ゾンビの瞳は強烈な光に弱い。あと数分は何も見えなくなるはずだ。船が予定航路から無断でそれた場合、きっかり二十分後に天井に仕込まれた閃光弾《せんこうだん》がさく裂する。それが、この船の仕様だ。

私は右手の人差し指を傍《かたわ》らにいる男の額に当て、親指で人差し指付け根にあるスイッチを押した。義手から放たれた弾丸が小気味よい音を立て、男の脳を撃ち抜く。まずはひとり。男が落とした銃を拾い上げ、次のターゲットを探す。義手の銃弾装填数には限りがある。無駄遣いは避けたかった。銃声でこちらの狙いに気がついたのか、宇宙海賊側も銃で応戦し始めるけれど、目を潰されている彼らの動きは鈍く、射線もばればれだ。ふたり、三人、四人。銃弾をかわしながら男たちを倒していく。

「お嬢、背中ががら空きですぜ」

私と同じく右腕が義手の令《れい》が右手薬指の隠しナイフで拘束を解き、銃を拾って私のところまで駆けつける。令《れい》と背中合わせで銃を撃つこと一分。宇宙海賊は全員死に絶えた。

私たちは手際《てぎわ》よく宇宙海賊の頭領の服をはぎ、くまなく全身をチェックする。蝶《ちょう》の刺青《いれずみ》はない。外れだ。両親の仇《かたき》ではなかった。

船を予定航路に戻すよう指示を出し、船内の破損状況をチェックする。大過ないようで安心した。宇宙保険に入ってはいるけれど、破損は少ない方がいい。この船には両親との思い出がいっぱいつまっている。できる限り長く使いたかった。

令《れい》たちが宇宙海賊の死体を船の緊急脱出用カプセルに積み込む。私は操縦席に腰かけると、座標を設定してカプセルを宇宙空間へと射出した。行き先は、ティコクレーター。弁当の包み紙も一緒に入れておいた。悪党どもへの警告だ。私たちに手を出すとどうなるか、身をもって思い知るといい。

宇宙海賊が乗ってきた小型の宇宙船はそのまま格納庫へと収容した。迷惑料として頂戴する。いつものことだ。

操作盤のランプが緑色に明滅して、月からの通信を知らせる。まずい、太郎おじさんだ。回線をオンにすると、元々真っ青な顔をさらに青白くさせた太郎おじさんと目が合った。

「すみれちゃん、大丈夫か？」

大丈夫です、と私は答える。太郎おじさんは父の親友だ。両親の死の経緯から、私が弁当屋を継ぐことには元々反対している。余計な心配はかけたくなかった。

「エンジントラブルです。この船ももう古いですから。定刻より三十分遅れで空港に着きます」

「そうか。ならよかった」

通信を切り、私はアルバトロス号の速度を上げた。星々が矢となって後方へと飛び去っていく。窓の外を流れる風景に、そんな錯覚に陥った。しばらくして視界の隅に月面基地を認め、スピードを落とす。空港周辺は空港警備隊が巡回している。速度超過で目をつけられるのは勘弁したいところだ。

義手の手袋を新しいものに替えながら、私はつくづく思う。月面には銃がよく似合う、と。

2-11　西暦二四二四年、滅亡まで六四四年（右腕の蝶《ちょう》）

タロウと名乗る男は下手くそな英語でこう言った。

「このお金で親友の仇《かたき》をとってほしい」と。


西暦二四二四年、月面基地E―5ブロック。


タロウが差し出した封筒を受け取るとずしりと重い。さしずめ一万月《ムーン》ドルか。

「相手は？」

「〈右腕の蝶《ちょう》〉です」

やれやれ、これで十人目だ。俺は封筒をタロウに突き返した。

「悪いが他を当たってくれ」

〈右腕の蝶《ちょう》〉は一種の異常者だ。非武装船を襲っては、乗組員の右腕を斬り落としてコレクションにするのが趣味だという。元々南米某国の殺人犯として起訴されていたのだが、母国の裁判では冤罪《えんざい》を主張し、マリウス丘《ヒル》行きに決まったという噂《うわさ》だ。地下都市の強制労働に従事中、四人仲間と輸送船を強奪して逃走したあたり、結局黒だったのだろう。

「他にはもう断られました。あなた以外に頼れる人はいないんです」

タロウが床に這《は》いつくばり、土下座する。バーの客が何事かとこっちに視線を向けるので、俺は「土下座はやめてくれ」と言わされる羽目になった。目立つのは好きじゃない。

「恨むなら日本政府を恨むんだな」

日本籍船は一部の例外を除き武装が許可されていない。護身用の銃の携帯は許可されているが、そもそも日本人自体銃を扱い慣れていない。しかも積み荷の質はいいときてる。宇宙海賊に狙ってくれと言っているようなものだ。

土下座をやめないタロウを尻目に、席を立ちバーから出て行こうとすると、タロウが俺の右足首にすがりついてそれを阻止した。諦めるつもりはないらしいが、それはそれ、これはこれだ。俺は空いている左足でタロウの顔面をしたたかに蹴りつけた。狙い通りタロウが後方へとのけぞり、鼻から血が流れるが、意外にもタロウは両手を俺から放さない。

「どうしてそこまでする。親友の霊を弔って生きる方があんたのためだ。違うか」

「駄目です。それじゃ駄目なんです」

鼻をふがふが言わせながら、タロウが叫ぶ。

タロウが言うには、親友には娘がいるらしい。名はスミレ。両親の死に憤慨したスミレは囮《おとり》捜査まがいのことをして日々宇宙海賊と戦っているそうだ。職種は弁当屋。マルヤマヤの名前なら耳にしたことがある。唐揚げ弁当が絶品とのことで、なかなか入手できないと以前知り合いがぼやいていた。

タロウの手の力はいよいよ強まり、俺は眉をひそめた。民間人にしてはなかなかやる。それほどスミレという娘のことが大事なのだろう。俺は「手を緩めてくれ」と言ってしぶしぶ床に座り込む。「嫌です。依頼を受けてくれるまで放しません」と、タロウ。仕方がないので俺は銃口をタロウの頭に突きつけた。


「これでもか」

タロウの手が少し緩み、また元の体勢に戻る。

「しつこいな、あんた」

「しつこいのが商人の基本ですから」

なるほど。この歳《とし》になって商人の心得を聞かされるとは思わなかった。

「あんたも商人ならリサーチはちゃんとするんだな。ひとつ、俺は金には不自由していない。ふたつ、こんなはした金じゃ前金にもならない。三つ、ここは日本人居住区とは違う。丸腰で歩くなんてもってのほかだ。四つ目はそうだな、あんたは自分の持っているカードを自覚していない」

「カード？」

「月の石はいい加減食べ飽きた。マルヤマヤの弁当はうまいと聞く」

「……はい？」


タロウが間の抜けた声を出し、目を丸くする。

恵まれている奴《やつ》はこれだから困る。おおかた会社から弁当を支給されているのだろう。こんな場末の酒場にはまともな食料が回ってこないという事実を認識していない。

「弁当一年分で手を打とう。スミレとやらにこれを渡してくれ。後はこっちが何とかする」

小型発信器をタロウのズボンのポケットに押し込む。ようやく状況を理解したらしいタロウが、腕の力を緩めた。すぐさま足を引き抜き、数歩退いてタロウと距離を取る。またしがみつかれては敵《かな》わない。

「ありがとうございます」

シャツの袖で鼻血をぬぐったタロウが直角に腰を曲げてお辞儀する。顔を上げたタロウは清々《すがすが》しい顔をしていた。俺から受けた仕打ちなんて忘れたかのような面《つら》だ。これが日本の商人か。日本人に対する見方を少し修正する必要性を感じた。

「そうだ、名前をつけてもらおうか」

「名前？」

「いつも依頼人に名前をつけてもらうことにしている。日本人名でいい」

「では次郎で」

「ジローか。わかった」

何点か必要事項を言い含めてから戸口までタロウを見送った。タロウは何度も振り返り、その都度頭を下げながら、人混みの向こう側へと消えて行った。

いつしかバーの中は静まり返っている。俺は振り返らずに狩りの計画について打ち明けた。

「お聞きの通りだ。定員は十二名、報酬はマルヤマヤの弁当一か月分。興味のある者は挙手を」

定員のおよそ倍の人数の手が挙がる。マスターもその気らしく、バーカウンターの下から小型レールガンを取り出し、自慢げにちらつかせている。どうやらみな相当退屈していたらしい。

「光学迷彩なら準備できるぜ」「俺はボロ船ならなんとか」「潜入捜査やろうか」と、途端にバーが喧騒《けんそう》を取り戻す。

誰からともなくグラスを掲げ、俺たちは乾杯した。

さあ、楽しいゲームの始まりだ。

誰が真の強者か、〈右腕の蝶《ちょう》〉にはしっかり理解してもらうとしよう。

2-12 西暦二四二四年、滅亡まで六四四年 (狩りの時間)

「点数をつけようぜ」と誰かが言った。

敵の首領に十点、雑魚《ざこ》に一点、人質救出に三点。

まったく、どっちが悪党かわかりゃしない。


西暦二四二四年、月面、ティコクレーター周辺。

月面南部にあるティコクレーターは直径八十五キロ。周辺には従属クレーターと呼ばれる小さなクレーターが点在している。その中のひとつに、奴《やつ》がいた。

クレーター上の崖から下方を望むと、マルヤマヤのアルバトロス号がクレーターの地下に吸い込まれていくのが見えた。〈右腕の蝶《ちょう》〉の一味に土木工事に長《た》けた者がいるようだ。アルバトロス号を収容すると、地表につけられた扉が閉まった。扉は上手にカモフラージュされており、ただの地面にしか見えない。

暗視ゴーグルを作動させると、クレーター底部の岩陰に四足動物の存在を検知した。かつて米国が開発した自律四足歩行式のロボット、アルファドッグ。数は五体。対宇宙船用の哨戒《しょうかい》機《き》だろう。宇宙船をクレーターから離れたところに置いてきてよかったと胸をなで下ろす。

耳元の通信機から、女の声が聞こえてくる。スミレの声だ。

「積み荷は渡しますから。従業員には手を出さないでください」

スミレに渡した発信器は盗聴器も兼ねている。

涙まじりの懇願は、とても演技とは思えない迫力だ。スミレは日本人にしては珍しく綺麗《きれい》なイギリス英語を話すので、盗聴する側としては大いに助かる。

「悪いが、あそこまでコケにされちゃこっちのメンツが丸つぶれなんでね」

ポルトガル語訛《なま》りの英語が通信機から聞こえる。甲高い男の声だ。〈右腕の蝶《ちょう》〉の首領、ペドロだろう。音声はクリアなので宇宙服はおそらく着ていない。会話の流れから察するに、ふたりはアルバトロス号の船内にいるようだ。

「やめて。令《れい》に手を出さないで」

銃声が響き、何かが破壊される音がした。バラバラと金属が弾《はじ》け飛ぶ音だ。おそらくレイという男の義手が破壊されたのだろう。

今回、ペドロをおびきよせるためにレイに一役買ってもらった。〈右腕の蝶《ちょう》〉の一味が入り浸るカジノへ行き、こう言ってもらったのだ。

「〈右腕の蝶《ちょう》〉？　大したことないさ。弁当屋さえ仕留められないような腑抜《ふぬ》けの集まりだぜ。現に、俺はこうして生きてるしよ」

安い挑発だ。だが、効果はてき面だった。狙い通り〈右腕の蝶《ちょう》〉は動き、そうして今に至る。

再度銃声が響く。先ほどより音が大きいから、今度はスミレの義手が破壊されたのだろう。

「おい。いい加減突入しないとやばいんじゃないか」

仲間のひとりから通信が入るが無視する。地表の扉は相当分厚い。手持ちの銃では如何《いかん》ともしがたかった。ここはマスターに頼むしかない。

「よう。待たせたな」

数分後、小型レールガンを抱えてマスターが現れた。小型と言っても全長三メートルはある。レールガンは弾を電磁誘導によって発射するため、膨大な電力を消費する。宇宙船からケーブルを引っ張ってきて、接続して使うのだ。今回の計画のために借りた船は二十四世紀製のボロ船だから、一発しか撃つことができない。

マスターがレールガンの照準を合わせる傍《かたわ》ら、俺たちはロープを使って崖から降下する。突入するのは六人。アルバトロス号の広さを加味して決めた人数だ。アルファドッグを仕留めるため、崖の上には二名の狙撃手を配置。マスターと船の運転手を加えると計十人。これに船や光学迷彩を貸してくれた人数を加えると、ちょうど十二名になる。

「準備はいいか」

マスターからの連絡を受け、俺は崖上の狙撃手ふたりに合図した。光学迷彩は万能じゃない。体温が敵のセンサーに引っかかる恐れがあった。アルファドッグは早急に潰しておく必要がある。

目標地点の扉までおよそ一キロ。ここからはタイミングが重要だ。扉を破壊した後、相手が非常用の扉を起動させる前に内部に突入しなければならない。

「マスター、頼むぜ」

ゴーグルを遮光モードに切り替え、俺を含む六名が扉に向かって走り出す。この時点で俺たちにできることはほとんどない。仲間の技量を信じるだけだ。各々《おのおの》得意とする武器を持って、懸命に走る。

六百メートルほど走ったところで、前方のアルファドッグが次々と四散する。第一段階、成功。

その三十秒後には雷に似た光が後方から飛来した。マスターのレールガンだ。ゴーグルがけたたましい警告音を鳴らす。遮光の上限を超過したようだ。

「目を閉じろ。突入する」

そうして俺たちは光の渦に向かって飛び込んだ。

2-13　西暦二四二四年、滅亡まで六四四年（宇宙海賊掃討戦）

西暦二四二四年、月面、ティコクレーター周辺。

マスターが開けた穴から飛び込んだ俺たちは二転三転して跳ね起きた。深紅色の瞳が視界に入ったので迷わず撃つ。対象は沈黙したまま後方へ倒れた。

「典型的な素人《しろうと》だな」

仲間のひとりが痛烈に皮肉り、もうひとり仕留める。否定するつもりはない。深紅色の瞳を敵前で無防備にさらすのは自殺行為だ。暗がりに光る瞳は格好の標的となる。俺たちがわざわざゴーグルを装備しているのは、そういうわけだ。

非常用の扉が上方で閉まる。

異変に気づいたのか、奥から次々と宇宙海賊が現れる。そのうちのひとりと目が合ったので俺は舌打ちした。どうやらレールガンの衝撃で光学迷彩が故障したらしい。

「お前たちは先に行け」

扉の下に残って、ひとりずつ雑魚《ざこ》を片づけていく。あまりに簡単に命中するので、いささか張り合いがない。野生の鹿の方がよほど俊敏だ。五名仕留めたところで、新手が来なくなった。

奥の方からマシンガンの音と悲鳴が聞こえるので万事順調なのだろう。俺はふわりと死体の山を飛び越えた。月は重力が弱いからいい。おかげで靴が汚れなくて済む。

〈右腕の蝶《ちょう》〉のアジトは月面地下にある溶岩チューブを利用して造られているようだ。前方に見える明かりを頼りに斜長石《しゃちょうせき》で出来た天然のトンネルを走っていると耳元でスミレの声がした。

「五秒後に明かりを落とします」

アルバトロス号から抜け出し、洞窟内の配電盤の側にいるらしい。自分の役割をよくわかっている娘だ。ゴーグルを暗視モードに切り替える。きっかり五秒後、明かりが落とされ暗闇が訪れた。明暗差で視界の自由を奪われた宇宙海賊が、またひとりずつ倒されていく。

「十点ゲットしたぜ」と仲間の声。雑魚《ざこ》を十人仕留めたようだ。

通路を抜けると洞窟の奥にアルバトロス号が見えた。アルバトロスという名の通り、アホウドリ《あほうどり》が背中に弁当を載せて羽ばたいているイラストが船体にでかでかと描かれている。洞窟は結構奥行きがあり、ペドロの船もここに格納されていた。

銃弾が飛んできたので側にあるコンテナの陰に隠れた。むざむざ敵の前に姿を現す必要はない。光学迷彩を着た仲間に任せるべきだった。だが、そうは問屋が卸さない。

「ジロー、サボるな。囮《おとり》になれ。俺たちは人質救出に向かう」

「……了解」

二名がアルバトロス号、二名がペドロの船、一名が俺のサポートに回ることになった。

小型のワイヤー銃を左手で取り出し、天井に向けて撃つ。地形と敵の分布を確認しておきたかった。ワイヤーを巻き戻すと体が勢いよく宙に浮いた。宇宙海賊は見えない敵に右往左往し、でたらめに銃を撃っている。中にはご丁寧に宇宙服を着こんで出口へと一目散に逃げていく奴《やつ》もいた。優秀な狙撃手が外で待ち構えているとも知らずに。愚かな奴《やつ》。

ワイヤーにぶら下がったまま三人を仕留め、そのまま左手を離す。一秒前まで俺の頭があったところに銃弾が命中する。洞窟の天井に穴が開き、細かい石がパラパラと落ちてきた。

「ほら、お返しだ」

手りゅう弾を取り出し、敵に向かって投げつける。爆発で三人が吹っ飛んだ。これで十二点。雑魚《ざこ》はあらかた片づけたはずだ。しかし、まだペドロの姿は見えない。両足で着地し、そのまま奴《やつ》を捜していると、仲間から連絡が入った。

「人質救助。計十二点」

「ペドロは？」

「アルバトロス号にはいない。そっちじゃないのか」


何者かの気配を感じ、体の重心を後方にずらす。目の前を一陣の風が駆け抜けた。チェーンソーとおぼしき機械音が微《かす》かに響く。

「ペドロか⁉」

影は答えない。ゴーグルに反応がないところを見ると、どうやら俺たちより上等な光学迷彩を着ているらしい。羨ましいことだ。情報屋から買った情報によるとペドロの身長は百七十センチ。俺より三十センチは低い。しかし、相手の姿が見えない場合は身長差による優位性もあまり意味がない。


ペドロと思《おぼ》しき影は容赦なく俺に襲い掛かった。銃を撃つ暇もない。目に見えない死神の鎌が幾度も空気を切り裂いた。影が俺の右腕を集中的に狙っていることを考えると、やはりペドロなのだろう。この期に及んで右腕に執着するとは、やはり異常者であると言わざるをえない。

右、左、右、そしてターン。音と気配を頼りに奴《やつ》の攻撃をかわし続ける。まったく、悪趣味なワルツだ。

俺は足がもつれたふりをして、わざと隙を作った。ペドロのチェーンソーが右腕に食い込む。ヒヒ、と笑い声が聞こえた。勝利を確信したペドロの声だ。

だが、奴《やつ》は大事なことをひとつだけ見落としている。素人《しろうと》ならいざ知らず、プロは腕を切り落とされたくらいで戦意喪失しない。

「悪いな。遊びは終わりだ」

左手でナイフを取り出し、やや前かがみになったペドロの胴体にナイフを突き立てた。そのまま左肩で奴《やつ》にタックルし、前方に吹っ飛ばす。ナイフは奴《やつ》の腹部に当たったらしい。噴き出した血が奴《やつ》の輪郭を露《あら》わにした。ペドロの絶叫が洞窟内にこだまする。とうにチェーンソーは手放したようだ。両手を血まみれにして必死に傷を押さえている。勝負あった。

止血帯を右腕に巻きつけながら奴《やつ》の様子を観察する。こういう時、ゾンビでよかったと思う。生身の人間ではできない捨て身の作戦も難なく実行できるからだ。幸いにも骨は無事だったから、腕は一週間ほどで元に戻るだろう。右手でグーやパーを作りながら、腕神経の接続に異常がないか確かめる。

「ペドロを確保。四肢の切除を頼む。とどめは弁当屋の娘に任せろ」

「了解」


高みの見物を決め込んでいた仲間が光学迷彩をオフにし、ペドロのもとへと駆けつけた。まず奴《やつ》の服をはぎ、それから解体だ。右腕、左腕、右足、左足の順に斧《おの》で切り落としていく。関節の骨が粉砕される鈍い音があたりに響いた。「助けてくれ」「俺が悪かった」と没個性的なペドロの命乞いが始まる。非戦闘員を好んで襲う奴《やつ》の根性なんてたかが知れている。そういう意味であればタロウの方が余程根性があった。

「命乞いなら弁当屋の娘にするんだな」

と仲間が右足でペドロの前歯を粉砕すると、奴《やつ》は静かになった。


「よう。終わったか」

アルバトロス号のタラップから仲間と人質が降りてくる。タラップ周辺には死体がごろごろ転がっており、普通なら目をそむけたくなるような光景なのだが、マルヤマヤの従業員は場慣れしているのか、反応は極めて鈍かった。

従業員の中からレイと呼ばれる男が進み出て、ペドロと相対する。レイは宇宙海賊にこっぴどくやられたようで、足元がややふらついており、右目にも大きなあざが出来ていた。俺たちは固唾を呑《の》んで成り行きを見守った。レイやスミレがこの件にどう決着をつけるか興味があったからだ。だから敢《あ》えてペドロを生け捕りにしたのである。

レイはタラップを降りると、何の前触れもなく、無事な方の左手で銃の引き金を引き、ペドロを射殺した。ペドロが命乞いする暇もなかった。これには仲間も驚き、「何故《なぜ》だ。苦労して生け捕りにしたのに」とレイをなじった。

レイは問いかけには答えず、銃を放り出すと、ある方向へと向かって歩き出した。その先には、スミレがいる。スミレの左手には銃があった。ペドロにとどめを刺そうと思っていたのだろう。銃口は地面に横たわるペドロに向けられていた。

スミレはレイのしたことを責めはしなかった。ただ、迷子のように困った顔をしてその場に立ち尽くしていた。銃を固く握りしめたままだ。きっとスミレはこの二年間奴《やつ》らに復讐《ふくしゅう》するためだけに生きていたのだろう。目標を達成した後のことなんか何も考えずに。

そういう感情は俺にも覚えがあった。

レイはスミレに何事かをささやくと、スミレを抱きしめた。俺には日本語がわからないから、レイが何と言ったかはわからない。やがて、スミレの手から銃が滑り落ちる。スミレは一本しかない腕でレイにすがりつくと、大声で泣き始めた。盗聴器から聞こえた無機質な声じゃない。生身の人間の声だった。スミレはまだ二十二歳だと聞いている。単なる民間人である彼女が軍人用の義手を使いこなすまでの過程を考えると、泣くのも無理はなかった。

何となくふたりを正視することができず、俺たちは事後処理にあたった。死体から財布を抜き取り、アジトにある金目の物を一か所に集めていく。

最後に、鍵がかかったコンテナをこじ開け目をみはった。

そこにはペドロが収集していた右腕があった。まるで生ハムを陳列するみたいに、右腕がコンテナの上部から吊《つ》るされている。全部でおよそ二百本。腕の根元には丁寧に日付まで書かれてある。もちろん、スミレの右腕もあった。一際華奢《ひときわきゃしゃ》なその腕は、主の帰還を待っているようにも見えた。だが、いくらゾンビでも二年以上分離していた腕はくっつかない。

「ジロー。お宝はあったか」

「いや——ガラクタだけだ」

右腕を見つけたとは言えなかった。レイにならともかく、今のスミレにこれを見せるのは憚《はばか》られた。そっとコンテナの扉を閉める。誰にも見られないよう、胸の前で小さく十字を切った。

ここには彼女の両親の右腕も眠っているのだから。

「酸素発生機をフル稼働《かどう》させろ。ここを焼き払う」

「オーケー。派手にやろうぜ」

マルヤマヤの従業員たちをアルバトロス号に乗せ、先に避難させる。ペドロの船の燃料を確認すると、幸いにも液体水素だった。爆発させるのはたやすい。時限爆弾をセットする。


引き続き指示を出しながら、地面に横たわったペドロの死体を確認した。第二次性徴を迎える前にゾンビになったというペドロは中性的な体つきをしており、とても殺人鬼には見えない。顔つきも美男子と言ってよかった。だが、そういう奴《やつ》こそ危ない。己の肉体的欠陥を補うかのように、凶行に手を染めるゾンビを俺は何人も見てきた。ペドロもそうだったというだけの話だ。

ペドロの首には青い蝶《ちょう》の刺青がある。奴《やつ》の故郷である南米に生息するモルフォ蝶《ちょう》がモチーフなのだろう。鮮やかな青が目に沁《し》みた。ペドロは仲間にモルフォ蝶《ちょう》の刺青を入れるよう強要していたという。悪事の限りを尽くした奴《やつ》にも望郷の念があったということだろうか。真相は闇の中だ。

「さあ、時間だ」

立ち上がり、戦利品の数々を背中にくくりつける。少しも嬉《うれ》しくないのはどうしてだろう。その理由は自分が一番よくわかっている。

マルヤマヤは二年で六回も宇宙海賊に襲われた。二年で六回は多すぎる。今回の事件にしても、敵はまるで船の針路を知っているかのように忽然《こつぜん》と現れた。いるのだ。内通者が。タロウとレイが今必死に探っているが、見つけた後はどうするのか。

何故《なぜ》だか、スミレの泣き顔が脳裏に浮かんだ。

目に見える敵はさほど重要じゃない。ここからが正念場だ。地面に横たわった死体をよけながら、俺は出口へと歩いて行った。

2-14　西暦二四二四年、滅亡まで六四四年（元傭兵、最後のお仕事）

知ってるか。マルヤマヤにひとり欠員が出た。
誰にも何も言わず姿を消したそうだ。
火星にでも行ったんじゃないだろうか。

西暦二四二四年、月面基地E—5ブロック。

いつも通りバーに弁当を受け取りに行ったら、スミレがいたのでびっくりした。いつもはタロウかレイが来るからだ。
「ここはこどもが来るところじゃないぜ」とからかうとスミレは頬を膨らませて怒った。スミレは俺より四十センチ身長が低い。こんなこどもが宇宙海賊と対等に渡り合っていたとはとても信じられない。

「大丈夫です。みなさんとてもいい人ですから」とスミレ。マルヤマヤの奴らはおしなべて頭のネジが一本飛んでいる。あの日俺たちが築き上げた死体の山を見て何とも思わなかったのだろうか。

弁当の山をごそごそ漁《あさ》る。唐揚げ弁当はとうになくなっていた。焼肉弁当を取り、カウンターに腰かけ、マスターにビールを注文する。スミレはまだ帰るつもりはないらしく、俺の隣に座った。

「何だ。用がないなら帰れ」

「……最近、従業員がひとり辞めたんです」

「知ってる。タロウから聞いた。カジノで借金たくさんこさえて蒸発したんだろ。よくある話だ」

マスターが用意したビールを飲みながら弁当をかっ込む。この話に深入りするつもりは毛頭ない。「新しい義手の調子はどうだ」と話題をそらす。

「その節はありがとうございました。万事順調です」

スミレが右手中指からワイヤーを発射し、天井に付着させ、自分の体を浮かび上がらせた。するすると蜘蛛《くも》のように登り、また降りてくる。こどもが新しいおもちゃを見せびらかす時のように目を輝かせている。

「これで無重力空間でも戦えるようになりました」

確かに、宇宙船の重力発生装置が故障して無重力になった場合などは、ワイヤーによる機動力の補填が重要になってくる。だが、問題はそこじゃない。

「俺は普通の義手にしろと言ったはずだが」

「また宇宙海賊に襲われたら困りますから」

もう襲われることはないだろう、と言いかけて口をつぐんだ。事情を話せば内通者がいたことがばれてしまう。「スミレには内通者の件は秘密に」とタロウとレイから固く口止めされているのだ。


「これ、ジローさんに渡そうと思ってたんです」

スミレが差し出したチラシを受け取る。表面は日本語で、裏は英語だ。

「マルヤマヤの求人広告？　安い給料だな。これじゃ誰も来ないだろ」

「でも日本にタダで行けますよ」

「いや、別に興味ないし」

月の生活に慣れると地球の重力が不便なものに思える。わざわざ行く必要性を感じなかった。日本の風景を楽しみたければＶＲゲームでもやればいい。

「もう。真剣に考えてください」

そう言うとスミレはバーを出て行った。まだ仕事が残っているらしい。

手元に残ったチラシを眺めていると、マスターが「働いてやればいいのに」としゃしゃり出てきた。

「俺に弁当屋が似合うと思うか」

マルヤマヤの制服を着た自分を思い浮かべてみる。藍染のエプロンに、背中に「丸」という漢字が大きく書かれた緑色のハッピ。想像しただけで笑えてくる。

「ふうん。似合っていれば働きたいんだ」

マスターがふきんでグラスを磨き上げながら意味深に笑う。

「帰る」

「ま、観念することだな。明日にはタロウかレイが同じチラシを持ってやって来るだろうから」

タロウと出会った日のことを思い出す。銃口を突きつけてもアイツはひるまなかった。きっとスミレもレイも同じ人種だろう。日本の商人は諦めるということを知らないらしい。

やれやれ、仕方ない。しばらくはあいつらに付き合ってやるとするか。

月面基地防衛軍の創設は今年も見送られた。しばらくはまだこの無法状態が続くのだろう。
また右腕の蝶《ちょう》みたいな奴《やつ》が現れないとも限らない。

「……俺の知らないところで死なれちゃ寝覚めが悪いからな」

チラシを片手に、俺は日本人居住区に向かって歩き始めた。たまには真っ当な人間のふりをするのも悪くない。スミレやレイにワイヤーアクションを仕込むのも一興だ。タロウには日本語の教師にでもなってもらうとするか。格納庫に眠らせている戦闘機を使って、アルバトロス号の護衛をするのもいいかもしれない。

とある日のとある昼下がり。そうして俺は元傭兵《ようへい》になった。

火星航路篇

3-1　西暦二五二〇年、滅亡まで五四八年（破滅への序曲）

光の矢が地表に降り注ぐ。
「ここから新人類の歴史が始まるのだ」と誰かが言った。
本当だろうか。俺には終末に見えた。
終わりへと続く始まりの旅だ。

西暦二五二〇年、月面地下都市、国際宇宙大学講堂。
講堂の一番後ろの席に座り、スクリーンを眺める。見えるのは光の矢だ。月周回衛星ゼウスから放たれたミサイルが、ティコクレーター周辺にある宇宙海賊のアジトを次々と破壊していく。宇宙空間だから爆発音はない。光の矢は意思を持ったかのようにうねり、時には直線となって対象を破壊した。

去年、新人類憲章の成立と共に月面基地防衛軍が創設された。以来、月面上空は結構な数の戦闘機が行き交うようになり、日々騒がしい。映像に飽いた俺はタブレットを取り出す。読みかけの小説の続きを読もうとして驚いた。そこにゾンビという単語はなかった。〈新人類〉という見慣れない単語が異分子のように行間を漂っていた。気持ち悪くなってタブレットの電源を落とす。最近は万事こうだ。

周りの学生はみな息をひそめてスクリーン上の光景を見つめている。だいたいが興奮した面持ちだ。そりゃそうだ、これはＳＦ映画じゃない。新人類とやらにとっては歴史的転換点なのだ。

講堂の熱気についていくことができず、その場を抜け出し、地下都市の片隅にある庭園へと向かった。噴水の近くに見知った顔を見つけて安心する。「庭園は喫煙禁止だぜ」と声をかけるとサリーは煙草《たばこ》を一本俺に差し出した。共犯にしたいらしい。ありがたく頂いておいた。

紫煙が二本、ゆっくりと上方へと昇っていく。

「お祭りは終わったの？」とサリー。

「いや、まだだ」

さっきの小説の一文をサリーに見せると、彼女は眉をひそめた。

「何これ、気持ち悪い」

「だろ？　紙の本を買うべきだった」

電子の海は日々善良なAIが航海中だ。不適切な表記はすぐさま修正されてしまう。おそらく、先週のアップデートが原因だろう。少なくとも電子データ上では、ゾンビは死語になった。

タブレットをしまい、サリーを抱きしめる。不愉快なものを見るより、恋人の顔を拝んでいたい。サリーが煙草《たばこ》から唇を離し、俺の頬にキスした。


「ねえ、大学を卒業したら私と一緒に火星に行かない？」

「火星？　危なくないか」

「それは三百年前の話でしょ。今は違うわ」

「どうして。君なら防衛軍のパイロットにだってなれるだろうに」

サリーは航空科の首席だ。わざわざ物資が窮乏している火星に行く必要性はなかった。火星に行くべきなのはむしろ俺の方。学術に関係のない娯楽小説ばかり読んでいるからこうなるのだ。

サリーは煙草《たばこ》を噴水にひたして火を消し、そのまま飲み込んだ。証拠隠滅だ。

「ねえ、シュン。防衛軍はこれから誰と戦うのかしら」

「宇宙海賊だろ？」

「馬鹿ね。その宇宙海賊はゼウスが片づけてしまったじゃない」

「確かに」

月面空港に整然と並ぶ戦闘機の列を思い浮かべる。俺は軍人じゃないから、治安維持に必要な兵隊の数はわからない。ただ言えることはひとつ。防衛軍の奴《やつ》らは薄気味悪いってことだ。肩をいからせ、瞳を使命感で輝かせながら月面を闊歩《かっぽ》している。

「あ、今〈防衛軍の奴《やつ》らは薄気味悪い〉って思ったでしょう」

「人の心を勝手に読むなよ」

「ふふ、私シュンのそういうところ好きよ」

「そういうところ？」

「正義感なんか一ミリも持ち合わせていないところ」

「それって褒め言葉か」

サリーが俺に口づける。今度は唇に。彼女はいつもこうだ。俺が反論するより早く、唇をふさいでしまう。

俺は両手を上げてサリーに降参する。彼女の言わんとすることは何となくわかる。最近みんな何だかおかしい。そう、新人類憲章が成立したあたりから。誰もが目を輝かせて未来や正義や人権について語りたがる。俺たちは昔そんなに不幸だったのだろうか。俺個人はそこそこ人生を楽しんでいたつもりなのだが。


サリーの足元にあるトートバッグから火星旅行のパンフレットがのぞく。

「下見に行くならマリネリス峡谷があるツアーにしてくれ。一度見てみたい」

「ついてきてくれるのね？　あなたって本当に最高」

サリーが勢いよく抱き着いてきたので、煙草《たばこ》を手から落としてしまった。でも、悪い気はしない。大学卒業後も彼女が自分と一緒に生きていきたいと思ってくれているのを知ったから。

「善は急げだ。旅行会社に行って話を聞こう」

華奢《きゃしゃ》な彼女の手を取り、地下都市駅へと向かう。講堂にいる奴《やつ》らはきっと俺たちの選択を笑うだろう。でも、俺は新人類と呼ばれて生きるくらいなら、彼女と一緒に火星人として生きたい。

それが俺の答えだ。

3-2　西暦三〇七四年、滅亡から六年（ぼくのアリス）

「人形劇はチェコの誇りだ」と師匠は言う。
この国はいつも人形と共にある。
それは終末の時においても同じだ。

西暦三〇七四年、チェコ、首都プラハ。

ロボットに命を吹き込むのは職人だ。ドイツのロボットメーカーから送られてきた機材をもとに、僕たちはロボットを作る。クライアントの希望に従い、毛髪を移植し、特殊なシリコンで作った人工皮膚で筐体《きょうたい》を覆い、ロボットを完成させていく。今日作っているのは十三歳の少女だ。名はアリス。六十歳の老婦人にもらわれる予定だ。
瞳は最後に入れる。それがうちの師匠のこだわりだ。そうすることによってロボットに魂が宿るらしい。本当かな。

「アラン、そろそろ休憩にしよう」と師匠。僕らはビーフシチューとパンで昼食をとった。工房の天井には、ありとあらゆる種類の操り人形が吊《つ》るされている。人形劇用の人形だ。

はるか昔、この国はドイツの支配下にあった。公共の場ではチェコ語を使うことは許されず、ドイツ語を強制されたと言う。そんな中、唯一チェコ語の使用を認められたのが人形劇だった。人形劇はチェコの人々にとって希望の灯火なのだ。

師匠の命はもう残り少ない。右手の震えはとまらず、今も左手でスプーンを持ってシチューを食べている。おそらく脳が腐り始めているのだろう。

「ねえ、やっぱり病院へ行こうよ」

「断る。死に場所くらい自分で選ぶわい」

体は衰えているのに、口だけは達者で困る。僕は作りかけのアリスをちらりと盗み見た。アリスは僕だけで作った初めてのロボットだ。きちんと動くか不安だ。食事をそこそこに切り上げ、作業台に戻る。

髪の植毛は終わっているから、次は瞳周辺だ。作業台の上にある小棚から赤い睫毛《まつげ》を取り出し、ピンセットでまぶたに植毛していく。睫毛《まつげ》が終われば次は眉毛だ。この作業に意味があるかはわからない。僕はただ師匠の指示に従うだけだ。

うちの工房はなるべく機械を使わず、ほとんど手作業で仕上げる。何故《なぜ》だろう。昔、理由を師匠に聞いてみたことがあるけれど、笑って答えてくれなかった。

「お前も一人前の職人になればわかる」だって。

旧人類が死に絶え、街からは若者が姿を消しつつある。僕たちは日々老いゆく自分の体に怯《おび》えながら、終末の時を待たねばならない。人々は心の隙間を埋めるように、ロボットを買い求めた。それが仮初《かりそめ》のぬくもりだとしても、ロボットを必要とせずにはおれない。ヒトの心は本当に不思議だ。

いつか僕も自分のためにロボットを作る日が来るのだろうか。

師匠が小さなトレイを持ってくる。その上に載せられている物を見て、僕はドキリとした。トレイの上にはアリスの眼球があった。片方は深紅色。もう片方は澄んだ青色。ロボットを人間と誤認することがないよう、ロボットの瞳は左右非対称のオッドアイが義務づけられている。

「さあ、はめてみせろ」

「洋服がまだです」

僕は慌てた。仕上げは明日になると思っていたからだ。

「洋服は後でいい」

トレイを持つ師匠の左手が細かく震えている。マズイ、病状が進行している。

「師匠、やっぱり病院に行きましょう」

「いいからやるんだ」


師匠は僕に無理やりトレイを押しつけると、作業台の傍《そば》にある椅子に腰かけた。

僕は震える手でトレイを作業台に置くと、アリスのまぶたにそっと触れ、まぶたを開いた。

がらんとした空洞が姿を現す。背中からしたたる汗がシャツを濡《ぬ》らす。天井からぶら下がった人形たちが僕を見つめているような錯覚に囚《とら》われた。

右目に深紅色の瞳、左目に青色の瞳を入れる。ふたつの瞳が眼窩《がんか》に合わせて変形し、ずぶずぶと下方に沈んでいく。情けないことに僕はその場にへたり込んでしまった。そのままの姿勢で「アリス、起動」とコードを唱える。怖くて目を開けていられない。

作業台の上でごとりと音がする。アリスが起動したのだ。部品の組み立ては間違っていなかったようでひとまず安心した。

「あなたがアランですね。私はアリス」

上質な絹のような光沢をともなった声が僕の鼓膜を震わせ、鳥肌が立つ。恐る恐る目を開けると、上半身を起こしたアリスと目が合った。オッドアイの瞳が海のような静けさを湛《たた》えて、僕を見つめている。

僕ははるか昔から彼女を知っている。そんなことありえないはずなのに、そう感じた。工房に吊《つ》るされている人形の魂がひとつ抜け出て、アリスの中に納まったのではないか。それは奇妙な邂逅《かいこう》だった。

「上出来だ。よくやったな」

師匠が工房の奥から間に合わせの洋服を持ってきて、アリスに手渡した。アリスは滑らかな動作で服を身に着ける。そこにロボット特有の不自然さはなかった。彼女の体のそこかしこに僕の痕跡があった。可愛《かわい》らしいピンク色の爪先も、少しとんがった顎先も、すっきりした頬も全部僕が作ったものだ。彼女の体で僕が知らないところなどなかった。

彼女は僕の一部だ。

「お前が死んでも、この子は残る。だからしっかり生きろよ」

師匠が僕をしっかり抱きしめ、一言一句をかみしめるようにそう言った。僕はいつの間にか泣いていた。僕は人類最後の世代だ。孤独に死んでいくものだと思っていた。でも違った。救いはここにあった。彼女の中に。そして僕の中に。

未来はまだ残されているのだ。

3-3　西暦二二五一年、滅亡まで八一七年（火星開拓団）

種を蒔《ま》く人が種蒔《たねま》きに出て行った。

蒔《ま》いている間に、ある種は道端に落ち、人に踏みつけられ、空の鳥が食べてしまった。ほかの種は石地に落ち、芽は出たが、水気がないので、枯れてしまった。

ほかの種は茨の中に落ち、茨も一緒に伸びて、押しかぶさってしまった。

また、ほかの種は良《い》い土地に落ち、生え出て、百倍の実を結んだ。

（マルコによる福音書四章〈種を蒔《ま》く人のたとえ〉より）


西暦二二五一年、火星人墓地。


地球からの物資にドライフラワーの花束が紛れ込んでいた。

そんな気障《きざ》なことをする人を俺はひとりしか知らない。

宇宙服を着こみ、花束を手に墓地へと向かう。墓地と言っても墓石はひとつだけ。眠っているのはセルゲイ。享年六十三歳。かつての第一次火星調査（※2‐8参照）でオデッセイⅡ号の船長だった人だ。

あれからもう二十年が経《た》つ。俺ももう四十八歳になった。第一次火星調査から十年後、火星開拓団が発足した。俺を始めとするオデッセイⅡ号の乗組員はみな団員に選ばれた。団長はもちろんセルゲイだ。いや、セルゲイだった。

花束を墓前に供え、手を合わせる。

俺たちゾンビは火星まで来て、ようやく土の中で永遠の眠りにつくことができるようになった。俺はそれが嬉《うれ》しい。死後も彼が俺たちを見守ってくれているような気になれるから。

「よう、団長。そろそろ戻れ。太陽フレアの時間だ」

チャンからの通信だ。

「ああ、わかってる」

太陽フレアは大量の宇宙線を放出する。火星には宇宙線を受け止めてくれる大気圏がない。いくらゾンビでも宇宙線の許容量を超過してしまう。地下に埋め込まれたシェルターに避難するほかない。おそらく電波障害も同時に起こるだろう。地球との通信はしばらくの間諦めなければならなかった。

「また来るよ」

墓石に声をかけて、踵《きびす》を返《かえ》した。遠目に見えるオリンポス山を目印にシェルターを探す。眼前に広がるのは岩石がごろごろと転がる赤い大地だ。緑はない。現在、火星の大地に生命を芽吹かせるために火星温暖化プロジェクトが進行中だが、依然として道のりは険しい。

ひょっとすると、俺たちが生きている間には実現しないかもしれなかった。

かつてセルゲイは俺に言った。

「ユーイチ。私たちは種だ。種は蒔《ま》かれなければならない」と。

信心深かった彼らしい。それが聖書の一節に起因する発言であると教えてくれたのはあの皮肉屋のエミリーだ。俺は人生で初めて聖書を開いて、〈種を蒔《ま》く人のたとえ〉の話を読んだ。

俺に信仰心はないけれど、最後の一文が妙に印象的で、今でも心の片隅に残っている。

銀色に光る物を前方の地面に見つけた。シェルターの入り口だ。取っ手をつかんで開き、地下へと続く梯子《はしご》を下りて行く。カンカンと小気味よい音が響いた。

「ただいま」

円筒形の住居部分に足を踏み入れると、奥からアミナが顔を出した。


「おかえりなさい、団長」

「あのさ、その団長って言うのやめてくれないか」

「照れなくてもいいのに」

「ムハンマドに花束のお礼は言った？」

「メールを送ったわ。でもきっとしらばっくれるでしょうけど」


かつて火星への旅を共にしたムハンマドは地球に残っている。彼はゾンビにはなれなかったから、ずっと後方勤務の任について俺たちをサポートしてくれている。文句ひとつ言わずに。ゾンビに対する偏見が根強い中、彼のように親身になって世話をしてくれる人材は貴重だ。感謝している。


「ナタリーの調子はどう」

「あまり良くないみたい。ずっと寝てるわ」

セルゲイの次はナタリー。俺たちが火星に来て十年。宇宙放射線病で体調不良を訴える者が続出している。他人事《ひとごと》ではなかった。俺もそう長くは生きられないだろう。現代の科学力では補えないものが多すぎた。でも、地球に帰るつもりはない。

種は既に蒔《ま》かれたのだから。

両目を見開きながら夢を見よう。未来の火星が緑の沃野《よくや》に覆われるさまを。

宇宙飛行士ってのはそういう人種だ。そうだろ？　セルゲイ。俺はそう信じてる。

3-4　西暦二六五七年、滅亡まで四一一年（わたしたち、そしてあいつら）

私は幸せ者だ。人間という不自由な殻を脱ぎ捨て、新人類になれた。
あの子たちとは違うのだ。
——そう思わないと、やっていけない。

西暦二六五七年八月、東京。

アラームの音で目が覚める。今日も塾だ。でも、気分は悪くない。私のシナプスは日々強《きよう》靭《じん》になっていき、脳細胞が活性化していくのがわかる。このまま成績が上がり続ければ、東大は無理でも国内の難関私大なら合格できるだろう。
私の新人類化を母さんは大層喜んだ。新人類がひとりも出ていない家なんて世間体が悪いし、親の良識を疑われる。学校の先生は認めたがらないけれど、新人類の方が知力体力共に優れている。平均収入も上だ。

月光の下、鼻歌を歌いながら塾へと向かう。夏のねばねばとした熱気が体にまとわりついて不快だけれど、昼よりはマシだ。新人類になって、私は夜の街の楽しさを知った。私の深紅色の瞳は暗闇にお化けがいないことをちゃんと見抜けるし、足元の水たまりを見落として靴を濡《ぬ》らすこともない。


「よう。乗っていくか」

背後から自転車に乗った恭《きょう》が現れる。高校のクラスメートで、塾も同じなのだ。私は自転車と並走しながらタイミングを見計らい、自転車の後部座席に飛び乗った。中国雑技団みたいなパフォーマンスも、今では簡単にできる。

「ねえ、学部決めた？」

「まだ。適当に受けて偏差値の一番高いところに入る」

即物的な恭《きょう》の回答に私は笑ってしまった。理想や理念は私たちにはない。毎日を楽しく生きたいだけだ。享楽的と言ってもいいのかもしれない。

「じゃあ、私もそうする」

「そっか」

恭《きょう》と私が高校の新人類科に転入したのはほんの最近だ。クラスメートはもう幾つかのグループに分かれてしまっていたから、私たちは一緒につるむことが自然と多くなった。何でも話すことのできる大切な友人だ。

そろそろ塾に着く。私は前触れなく自転車から飛び降りた。恭《きょう》はバランスを崩すことなくそのまま駐輪場へ向かった。万事順調だ。

塾のある雑居ビルからぞろぞろと学生が出てくる。人間の部が終わったのだ。その中に見知った顔を見つけて私は慌てて物陰に隠れる。友人の春だ。

「光《ひかる》はいいよね、新人類になれたから。受験なんて超楽勝でしょ」

二週間前に彼女に投げつけられた言葉を思い出し、胸の古傷が疼《うず》いた。私と彼女はもう対等ではなかった。偏差値も既に十違う。差は開いていく一方だろう。

去年は「同じ大学に行こうね」と地元の女子大に一緒に見学に行ったのに。

春の隣には私ではない別の女の子がいて、楽しそうにおしゃべりをしていた。元々私なんていなかったみたいだ。

「あいつか、お前いじめたの」

駐輪場から戻って来た恭《きょう》が春を指さした。

「違うよ。ちょっとお互い間が悪かっただけ」

「ふうん。行こうぜ」

恭《きょう》が私の手をつかみ、ビルの暗がりから私を引きずり出した。春たちがビクリと動きを止める。私も恭《きょう》も深紅色の瞳をむき出しにしている。さぞかし気味が悪かったのか、春たちは小走りになって私たちの横を素通りした。

「おい、無視すんなよ」

恭《きょう》の怒号が夜の静寂に吸い込まれていく。春からの反応はなかった。恭《きょう》が苛立《いらだ》たし気に舌打ちした。

「ごめんね、気を遣わせちゃって」

「謝るなよ。お前は悪くないだろ」

受験生の心はデリケートだ。私も恭《きょう》もかつての友人から縁を切られてしまった。みんな他人なんて構ってられない。自分が志望校に受かるかどうかが一番大事なのだ。新人類になったというだけで成績がぐんぐん伸びていく奴《やつ》のことなんか、視界の隅にも入れたくないのだろう。

本当は、私たちだって不安なのに。幼少期から英才教育を受けているエリートたちにこれから追いつかなければいけない。

「何か嫌になるね、この世界の仕組み。月か火星に行きたいよ」

「馬鹿だな。何で俺たちが逃げる必要があるんだ。あいつらをやっつければ済む話だろ」

恭《きょう》が過激な発言をするのでドキリとした。新人類の人口率が半数を超えて半世紀ほど経つ。海外では方々でクーデターが起こり、〈新人類にとって住みよい国〉が誕生した。日本政府は融和の道を模索しているけれど、人間と新人類は生き物として違い過ぎた。妥協点を見出《みいだ》すことができず、両者の溝は深まるばかりだ。

ちょうど私と春のように。


「とりあえず私たちはまず勉強頑張らないとね」

ぎこちなく話題を逸《そ》らし、恭《きょう》の手をふりほどく。ほんの数分しか手を繋《つな》いでいないはずなのに、ぐっしょり汗をかいている。

「おう。そうだな」

恭《きょう》の表情から険しさが消え、いつもの飄々《ひょうひょう》とした態度に戻ったので、私はホッとした。さっきの発言は何だったのだろう。あいつらをやっつける？　きっと何かの冗談だ。そうに決まっている。

「何ボーッと突っ立ってるんだ。行くぞ」

恭《きょう》が私に手を差し出した。反射的に私は再び恭《きょう》の手を握る。これが正しいことなのかどうかわからない。ただ、もうひとりにはなりたくない。そのためだったら何だってする。

（ああそうか。そうやってみな道を違えるのだ）

私たちは間違っている。春たちも間違っている。でも、他の道を知らない。

世界の均衡が崩れゆく音が私には聞こえた気がした。

3-5　西暦三〇八〇年、滅亡から十二年（アキ・マツヤマ）

それは永遠に続く夢。果てのない夢だ。
今や夢は現実より重い。

西暦三〇八〇年、金沢。

今日も三十名の見学者がやってくる。平均年齢はおよそ八十歳。見学者に総合病院からの紹介状を提出してもらい、不備がないか確認する。見学者はみな覇気がない。付添人に体を支えてもらい、ようやく立っている人もいる。それも無理はない。
我々人類は滅亡しつつある。旧人類は死に絶え、街にいるのは老人だけだ。オッドアイのロボットだけが、若者の姿で街を闊歩《かっぽ》している。

「松山《まつやま》先生、お願いします」

スタッフが差し出した黄色い旗を受け取る。ツアーの始まりだ。

「こちらへどうぞ」

精神科医である私は黄色い旗をぶらぶら振りながら、建物の奥へと進む。見学者はあたりをきょろきょろ見回しながら私の後をついてくる。突き当たりにある扉を開けると見学者が息を呑《の》むのがわかった。

壁にはぎっしりとカプセルが詰め込まれている。警察関係者なら霊安室、一般人ならカプセルホテルを連想するだろう。数は五十。そのうち十が使用中だ。居室中央にある操作盤に触れ、カプセルをひとつ引き出す。銀色のカプセルの中には、ひとりの男性が眠っている。年齢は九十。

「このクライアントの方は、二十一世紀の世界にお住まいになっています。新人類が存在しなかった最後の時代ですね」

見学者たちがカプセルの周りに群がる。中にはしゃがみ込み、カプセルの型番をメモしている者もいた。型番は重要だ。見る夢の精度がまるで違ってくる。カプセルの中の男性は穏やかな笑みを湛《たた》えている。夢の中での彼は五人の孫に囲まれたおじいちゃんだ。男性の見ている夢の内容を操作盤上方にあるスクリーンに投影する。

「当病院では死の受容過程を大切にしています。よって仮想空間内での若返りは認めておりません。あくまで穏やかに死を迎えるための施設だとご理解頂けると幸いです」

カプセル脇のスイッチを押すと、カプセルが元の位置に収納される。そこからは質問タイムだ。上の階にある会議室に場所を移して、見学者たちからの質問を受けることになる。


三時間後、私はようやく見学者から解放された。予定時間を一時間オーバーしている。

「お疲れ様です、アキ様」

少年姿のロボットがお水を持ってきてくれた。名前はネル。前院長がわざわざチェコで買い求めたものだ。旅先で一目ぼれしたらしい。普通のロボットより一桁高いお値段だが、その分の価値はある。

「どうかなさいましたか」

磁器のように滑らかな肌。穏やかな褐色をした左目。私たちが馴染《なじ》みのある深紅色の右目。生き生きと脈打つ髪は本物と見まごうばかりだ。彼は完璧だった。

私たち新人類は彼らを作るために生まれたのかもしれない。そう思えるほどに。

「ううん。みんながあなたを買えるくらい金持ちであればいいのにと思っただけ」
オールハンドメイドのロボットは希少だ。一般人には手に入れることができない。
彼はこの病院の患者の最期《さいご》を看取《みと》るためにここにいる。前院長は既にカプセルの中だ。私もそのうちお世話になるかもしれない。もう睡眠薬なしでは眠れない体だから。

工場で生産される大量生産品の方がロボットの機能は充実しているはずなのに、人々はそこに魂を見出《みいだ》すことは終《つい》ぞ叶《かな》わなかった。

ロボットで心の隙間を埋めることができなかった人々を受け入れる。それが私の勤務する病院の役割だ。〈胡蝶《こちょう》の夢〉プロジェクト。重度の適応障害を患《わずら》った者だけがここに入院できる。患者は夢の中で偽りの現実を生きる。そう、命尽きるまで。

種の絶滅を正視できるほどヒトの心は強くない。

「さ、続きをやろうか」
私はコンピュータの電源を入れ、とあるフォルダをクリックする。難解な英数字の羅列が延々と続く。通称、ロバートコード。二十九世紀の奇才、ロバート・ワイルド（※2-7参照）が作ったロボット用プログラミング言語だ。現代のロボット技術の根幹をなしている。

私はこのプログラムを破りたい。大昔から連綿と続くロボット三原則を失《な》くしたいのだ。

人類への安全性、命令への服従、自己防衛。

人類が滅亡した時のために、ネルに課せられた枷《かせ》を外しておきたい。

「自由ってそんなにいいものですか」とネル。彼はこの悪企《だく》みに参加することができない。三原則の〈人類への安全性〉に抵触するからだ。私の横に腰かけ、所在なげに足をぶらぶらさせている。

「悪いものよ。だって苦しいもの」

「ではどうして？」

ネルの問いを無視し、私はキーボードをがむしゃらに叩《たた》く。

「私はあなたを墓守にしたくないだけ」

ロボットは自分で生きる目的を見つけることができない。主を失い墓地に佇《たたず》むロボットなんてざらだ。彼らは人類という主人を待つ。そういう風に作られている。帰らない主人を待ち、駅前で待ち続ける犬のように。

「いい？　この病院がなくなっても墓守にだけはなっちゃダメよ。もっと有意義なことをするの」

「有意義なことって何ですか」

私は頭を抱える。他人に訓示を垂れるほど、私は大した人生を歩んでこなかった。自然と手は止まり、画面がスクリーンセーバーに切り替わる。静寂を埋めるかのように火星、木星、土星と太陽系に連なる惑星の写真が次々と姿を現した。探検家ラモンによって撮影された写真で、私のお気に入りだ。

そのうちの一枚の写真に目が留まる。火星の青い夕焼けをバックにひとりの少女が佇《たたず》んでいる。私はその少女を知っていた。名はジェシカ。ロバート・ワイルドが手掛けた最高傑作だ。仕えるべき主がテロリストの凶弾に倒れた後も、彼女は生き続けている。

インスピレーションが閃《ひらめ》き、コンピュータを再起動する。

ロボット、ジェシカ、現在地。三つの語句で検索をかける。

反応があった。ロボットの現在位置が表示される。彼女は今も火星にいた。彼女の周囲には他のロボットの存在もある。現在位置を知らせる赤いランプが明滅し、彼女たちが今なお活動中であることを知らせてくれる。火星にはもう人類はいないはずだ。でも、彼女たちは動き続けている。誰かが彼女たちに生きる目的を与えたのだ。

それが何かはわからない。

「火星へ行くのよ、ネル。そこにあなたの仲間がいるわ」

私の唐突な申し出にネルが固まる。ヒトがロボットの想像を上回る言動をした時、ロボットは数秒間フリーズする。主人の珍奇な言動に対応するため内部で再演算しているのだ。意地悪な設計者の思惑を少し出し抜くことができ、私は嬉《うれ》しい。

ネルの答えはシンプルだ。

「アキ様がそうおっしゃるなら」だ。ロボットらしい模範解答に私は少し失望を覚える。だが、今はそれでいい。

私は再び机に向かう。本当はわかっている。一介の医師にすぎない私にロバートコードは破れない。でも、私はきっと諦めないだろう。

ネルには勇敢な私の背中を目に焼き付けてもらいたい。

そうすることによって私は彼の中で生き続ける。永遠に。

3-5・5　幕間《まくあい》（ロボットなるもの）

西暦三一一三年。アキが死んだ。八十三歳だった。その頃には病院の患者はみな死に絶えていたから、僕が最後に看取《みと》った人は彼女だということになる。

「いい？　墓守にだけはなっちゃダメよ」がアキの口癖だった。

彼女は変な人だった。

死の床にあっても、他の人みたいに僕にすがって泣いたりしなかった。夢の世界に逃げようともしなかった。

「アキ様は泣かないんですね」と一度聞いてみたら、「そうよ。私は強いのよ」と皺《しわ》だらけの手で僕の頭をなでてくれた。僕のメモリの中の彼女はいつも笑顔で、背筋が凛《りん》と伸びていた。

彼女の死後、遺品の整理をしていたら、ベッド脇のサイドボードから大量の睡眠薬が出てきた。一緒に出てきた聖書には赤いペンでいくつも線が引かれていた。涙の跡すらあった。

どうして彼女は他の人みたいに僕を利用しなかったのだろう。

神にすがるより早く僕を頼ってくれなかったのだろう。

一連の現象にふさわしい名称が見つけられず、僕の演算子はいまだに脳内回路をさまよい続けている。時折、若かった頃のアキの姿がフラッシュバックしたが、それでも答えは出ない。

火星に行けば、ジェシカが答えを教えてくれるのだろうか。


僕は右手で胸元にあるペンダントをもてあそんだ。砂時計の形をしたペンダントトップの中には、アキの遺骨が入っている。砂時計を逆さにすると、かつて彼女だったものがさらさらと音を立て、下方へと落ちた。


「僕が君を火星に連れて行くよ」

答えはない。静寂があるだけだ。僕は初めて世界の空白を意識した。それは、アキにしか埋められない空白だった。

眼窩《がんか》の奥に鈍い痛みが走る。最近はいつもこうだ。ありもしない涙腺機能が存在を主張する。

まるで幻肢痛《げんしつう》みたいに。

他のロボットたちのように、このまま膝を抱えて眠ってしまいたい。でも、僕にはまだやらなければいけない仕事が残されている。

僕はのろのろと病院の屋上へと向かう。そこには銀色の円盤があった。火星へと向かう宇宙船だ。紫色の空に一番星が輝く。地上に明かりは見えない。金沢は廃墟《はいきょ》になりつつある。東京の明かりもいずれは完全に消《き》え失《う》せるだろう。

「さあ、あなたはこれに乗って火星に行くのよ」

耳元でかつてのアキの声が甦《よみがえ》る。彼女の命ずるがままに、僕は行く。ロボット三原則の〈命令への服従〉があるからじゃない。

彼女の願いは僕の願いだ。きっとそれを自由意志と呼ぶのだと、今の僕は思っている。

3-6 西暦二五二五年、滅亡まで五四三年（採掘業者たち）

火星と木星の間に連なる小惑星帯は宝の山だ。ニッケル、金、白金《はっきん》、ロジウムと何でもある。それを火星まで運ぶのが俺の仕事だ。

西暦二五二五年、火星、アキダリア精錬所。

小惑星のかけらがベルトコンベヤーに載せられて精錬所の内部へと運ばれていく。後は工業用ロボットに任せるだけだ。三時間もすれば成分別に錬成し直された金属たちが排出口から出てくるだろう。精錬所のコントロールルームに陣取り、スキットルに入っているウイスキーをあおる。仕事後の一杯は格別だ。

「お前も飲むか」

同僚の剛《ごう》にスキットルを差し出したが、剛《ごう》は首を横に振った。

「ここのところ、胃の調子が悪い。遠慮しておく」

剛《ごう》は新人類にしては胃腸が弱い。目も弱いようで終始眼鏡をかけている。

「いい加減地球に帰ったらどうだ」

「そうもいかない。家のローンが残っているんでね」

「家族持ちは大変だな」


地球の資源は枯渇《こかつ》しつつある。火星の採掘業が頼みの綱なのだ。危険が多いが実入りも多いため、希望者は絶えない。ゴールドラッシュの再来だ。

「早くテラフォーミング計画が再開されることを願うよ」

剛《ごう》は椅子の背もたれを倒すと目をつむった。


現在、テラフォーミング計画は停滞している。技術的な問題じゃない。計画が順調に進みすぎると、人間たちが火星に押し寄せてしまう。既得権益を失いたくない新人類側が圧力をかけているのだ。そのせいで、火星の住環境は月ほどいいとは言えない。

志が高かった初期の入植者が現状を見れば、さぞ心を痛めることだろう。

「ちゃんと病院行けよ」

返事の代わりに聞こえたのはいびきだった。剛《ごう》は相当疲弊している。宇宙線に弱いタイプなのかもしれなかった。後で労働組合に相談しよう。目の前で死なれたら後味が悪い。その方が本人のためにもなる。

金属がぶつかり合うけたたましい音が廊下に反響しながら部屋まで届く。耳を澄ませば、地下にはりめぐらされた巨大なパイプの中を通り抜ける水の音を聞くことも可能だ。金属の精錬には多量の水を必要とする。アキダリア精錬所の水源は北極にあるが、無駄遣いするわけにはいかない。使用された水は循環装置に回され、再利用される。

いつしかスキットルの中身は空になっていた。仕方がないのでテレビをつける。今日は電波の調子がいいのか、映像に乱れはない。地球で放送されているテレビ番組はきっかり十分遅れで火星まで届く。俺みたいな凡人には非常にありがたい。宇宙飛行士たちにとっての研究みたいな高尚な趣味が俺にはないからだ。いつも見ている旅行番組にチャンネルを合わせる。今日はスペインだった。サグラダファミリアがようやく完成したらしい。ご苦労なこった。

音声を日本語に切り替え、バルセロナの街並みをぼうっと眺める。時代は変わった。雑踏にちらほらと深紅色の瞳が紛れ込んでいる。素直に羨ましい。自分の若い頃は世間もそこまで寛容ではなかった。新人類憲章のおかげだ。

そう言えば、そろそろ選挙の時期だ。いつもなら無視するところだが、今回は違う。世界は変わりつつある。これに乗じない手はない。

ポケットから電子チップを取り出す。地球からわざわざ郵送されて来た衆院選の投票券だ。俺は新人類党へ一票を投じるつもりでいる。月や火星で働かざるをえない底辺労働者の状況を改善してもらいたいし、テラフォーミング計画再開の後押しもしてほしい。

そうすれば剛《ごう》の体調も少しはマシになるかもしれなかった。

「俺たちは炭鉱のカナリアだ」とかつて剛《ごう》は俺に言った。

昔の地球では炭鉱内の一酸化炭素を検知するためにカナリアを使った。籠に入れられたカナリアは人間の身の安全のために危険にさらされたというわけだ。時代は移ろい、カナリアの役目は俺たちに押し付けられた。そう言いたいらしい。

「安心しろ。そうはならねえよ」

テレビを消し、剛《ごう》にそっと毛布をかけた。

電子チップをコンピュータの端末に差し込み、地球との通信を開始する。顔認証と声紋認証の二段階認証をパスすると、候補者の名前が表示された。新人類党の候補者の名前を選択する。
一分後、ゴシック体の黒い文字が画面の中央に表示された。

投票を受理しました。

指先でそっと文字をなぞる。心なしか文字が熱を帯びている。そんな気がした。

3-7　西暦二四〇一年、滅亡まで六六七年（第八次テラフォーミング計画）

宇宙開発において水資源の確保は死活問題だ。

ここでひとつ問題を出そう。

「火星に眠る莫大《ばくだい》な氷を溶かすために、必要なものは？」


西暦二四〇一年、火星、赤道上空。


「成功しますかね」

「成功させるさ。でなきゃ俺たちはいい笑い者だ」

不安を隠せない様子のイレーナの背を軽く叩《たた》く。

ファルコン号の運転室から外を眺めると、銀色の翼に似た巨大な物体が見える。直径二百四十キロの鏡だ。資材は地球から運び、火星で一か月かけて組み立てた。名は、停止衛星イカロス。

イカロスは火星の軌道上に留まり、集積した太陽光を南極に向けて発射する。太陽熱エネルギーで南極にある氷を溶かすのだ。南極が終われば次は北極。水資源の確保と火星の温暖化。このふたつが主な目的だ。

今回の計画が成功すれば、南極付近の平均気温は十度上昇する。火星の平均気温はマイナス六十三度だから、この十度は大きい。

「カウントダウンを始める」

スタッフ十名が身をこわばらせる。南極基地で待機している地上部隊も息をひそめて成り行きを見守っていることだろう。

電子音声が淡々と数をカウントしていく。イレーナにはああ言ったものの、俺の手も震えている。失敗は許されない。本年度予算の大半がイカロスのために消費されたのだ。

ゼロと同時にボタンを押す。イカロスが船から切り離され、火星の軌道に乗った。小さな拍手が巻き起こる。墜落という最悪の事態は免《まぬが》れたからだ。ファルコン号をイカロスから遠ざけ、様子を見る。ほどなくしてイカロスに集積された光の束が、南極に向けて発射されるのが見えた。あまりのまぶしさに正視できずサングラスをかける。

　サーモグラフィーで南極の状態を確認すると、温度分布図では群青色《ぐんじょう》で表示されている南極の表面がわずかに色を変えていくのがわかった。成功だ。みんなで目配せし合い、微笑《ほほえ》みを交わす。両手を上に突き上げて叫ぶ者もいた。

　地上部隊に通信を入れるも応答はない。電波障害だろうか。

「おい、どうかしたのか」

　マイクに大声で三回呼びかけて、ようやく応答があった。通信士が涙声で「早く戻って来てください」と言う声が聞こえる。

「何か問題でも？」

「地表に戻ればわかります」

　南極に戻ると、基地の近くに立ちすくむ地上部隊を見つけた。宇宙服を着て、彼らのもとまで駆け寄る。

「おい、どうしたんだ」

　誰も何も答えない。彼らの視線の先を目で追った。理由はすぐにわかった。

　一枚の絵がそこにあった。

光の帯が幾重にも重なって天から降り注いでいる。光は氷の凹凸に応じて閃《ひらめ》き、ダイヤモンドダストとなって地上を飛び交う。まるで光の妖精だ。火星に浮遊している塵《ちり》に乱反射した光は存在感をより一層強めながら、地表にある氷を溶かしていく。麓には虹さえ見えた。

誰もが目を細め、小さな奇跡が織りなす絶景に身を委ねた。

「天使の梯子《はしご》ですね」

イレーナの言葉に、ただうなずいた。人類が現時点で到達しうる最上の美がそこにあった。溢《あふ》れ出《で》る涙を必死にこらえる。

「薄明光線《はくめいこうせん》だな」

と、かすれた声でかろうじて言い返す。

「もう。素直じゃないんですから。プロジェクト成功、おめでとうございます」

「ああ」

右手で拳を作り差し出す。イレーナは左手で拳を作ると、俺の拳にコツンとタッチした。

「引き続き頑張りましょう」

キラキラと瞳を輝かせたイレーナがデータを集計するため基地に戻る。一時間前の不安そうな面影は微塵《みじん》もない。彼女の笑顔で気が緩んだのか、頭痛がし始めた。どうやら相当気を張っていたようだ。頭痛を追い払うかのように左手でヘルメットをコツコツと叩《たた》く。ここで立ち止まってはいられない。

この水資源をもとにまずはパラテラフォーミング計画を開始する。閉鎖空間内で疑似的な生態系を作るのだ。大気圏を造る計画はまだはるか先だ。まだしばらくは人々はドームと呼ばれる居住空間に住むことになる。

一般的に、テラフォーミング計画が完全に遂行されるまで三百年の時を要すると言われている。第一次火星入植からおよそ百五十年が経過したから、始まりと終わりの中間地点に俺たちはいるということだ。

つまり、俺たちはリレーのバトンを次世代に託すためだけに走るのであり、ゴールにたどり着くことはできない。不思議と悲愴感はなかった。

辛《つら》い時も苦しい時も、もうひとつの太陽が俺たちを照らし続けてくれるだろう。

火星人として死ぬことができる自分のことを、俺は少しだけ誇りに思う。

3-8　西暦二六九〇年、滅亡まで三七八年（マリネリス峡谷レース）

音速を超えるスピードに、月面基地防衛軍からの払い下げの小型戦闘機が悲鳴を上げる。SF映画でよく活躍するアストロメク・ドロイドなんて搭載されていないから、俺は腹立ち紛れに拳でコックピットの窓ガラスを殴りつけた。
蝿《はえ》の羽音のような不気味な音は鳴りやまない。このまま飛び続けるしかない。

西暦二六九〇年、火星、マリネリス峡谷。

全長四千キロ、深さ七キロのマリネリス峡谷を東から西へ一気に駆け抜ける。それが俺の仕事。前方にはミハエルが控えている。あいつが一番人気で、俺は二番。今回のレースにどのくらいの金が動いているのかは知らない。そんなのはどうでもいい。
手元のトリガーを引き、ペイント弾を発射する。被弾したらレースはそこで失格だ。だが、ミハエルは背中に目がついているかのように弾をよけた。まただ、嫌になる。俺のレースはいつも爽快感と敗北感がごちゃ混ぜだ。

赤茶色の岩肌を見つめながらひたすら前に進む。下方に水はない。マリネリス峡谷の灌漑《かんがい》事業は凍結されたままだ。機首を下げ、燕《つばめ》のように低く飛ぶ。中空を飛ぶより、地面すれすれを駆け抜ける方が好きだ。臨場感がある。

地面の凹凸をよけながら飛び続けていると、「おい、遊ぶな」とコーチから通信が入った。

「だってミハエルも本気じゃないぜ」

上昇に転じ、空中で一回転するもミハエルとの距離は広がらない。俺を待っているのだ。

「さっさと仕掛けろ。残り五百キロだ」

そこで通信は途絶えた。

「へいへいっと」

コーチの指示通りに加速し、ミハエルを追いかける。追い抜くことはしない。もしそんなことをしたら背後から撃たれて即座に終わりだ。ミハエルは元軍人というもっぱらの噂《うわさ》だ。空中戦で素人《しろうと》の俺が敵《かな》うわけがない。

とりあえず横に並ぶとミハエルが仕掛けてきた。まさかの体当たりだ。すんでのところで避ける。翼と翼がこすれ合い、火花を散らした。

「あいつは命が惜しくないのか⁉」

「は。お前も見習ったらどうだ」

コーチの野次に腹が立ち、通信を一方的に遮断する。

続けざまに第二撃が襲いかかる。無事な方の左翼が岩壁にぶつかりそうになり、冷や汗をかいた。ミハエルに嗜虐的《しぎゃくてき》な趣味はないから、これは演技だろう。そう、観客席を沸き立たせるための。

「たちが悪いぜ」

こうなると奴《やつ》の演技に付き合うしかない。機体を加速させ前方に出ると、待ってましたとばかりにペイント弾を浴びせかけられた。最悪の鬼ごっこだ。操縦かんを両手で握り、必死に操作する。首位独走の快感はない。まるでライオンに追いかけられるシマウマだ。

後方から飛来したペイント弾が峡谷を白に染め上げていく。やがて弾も尽きたのか奴《やつ》が横に並ぶ。ゴールまでおよそ百キロ。後は機体が空中分解しないことを祈るだけだ。弓から放たれた矢のようにゴールへと目がけて飛び込む。

勝負は一瞬でついた。

「まあ、あまり気を落とすな。ミハエルは特別だ」

いつもと同じ慰めの言葉をコーチから受け取ると、俺は機体の整備へと向かった。右翼には黒い筋が一本。ミハエルに傷つけられた跡だ。幸いにも傷は深くない。すぐさま整備に取りかかれる心境ではなく、俺はずるずるとその場にへたり込んだ。

格納庫の奥にミハエルの愛機が見える。俺と同じJPN-E7型だ。技量の差を見せつけられたようで二重にへこむ。

けたたましいサイレンが峡谷のある方角から鳴り響く。誰かが岩壁に衝突し、木《こ》っ端《ぱ》みじんになったらしい。医療船が向かっているが手遅れだろう。

とりあえず、生きているだけで良しとするか。

気持ちの落としどころを見つけ、雑巾を手に取る。まずは機体にこびりついた砂塵《さじん》を落とさねばならない。胴体中央をこすっていると金色のプレートが現れた。〈Made in Japan〉の表記が懐《なつ》かしい。十年前に地球政府が誕生して以来、表記は〈Made in Earth〉に改められ、生産地は製造番号の中に姿を隠した。それが何を意味するかはわからない。火星は地球からあまりにも遠すぎた。ここ十年は地球からの人的資源の補給も途絶えており、火星と地球の間は大型の無人輸送船が機械的に行き来するだけだ。

「よう、ハヤテ。二位おめでとう」

振り返ると同時に缶ビールが投げつけられる。雑巾を右手に持っているので、左手でキャッチした。スキンヘッドの大男が缶ビール片手に俺を見下ろしている。ミハエルだ。

ふたりでささやかな乾杯をする。まだ全員がゴールしたわけじゃない。表彰式はまだ先だ。一位を獲《と》ったミハエルは当然だが機嫌がいい。俺はふとかねてからの疑問を口に出してみた。

「なあ、ミハエル。お前、昔軍にいたって本当か？」

「——どうしてそんな質問をする」

ミハエルの目が針のようにすうっと細められた。彼は過去を語りたがらない。左足が義足の彼に敢《あ》えて不躾《ぶしつけ》な質問をする奴《やつ》もいなかった。

「悪い、忘れてくれ。一位おめでとう」

ビールを飲み干して作業に戻ると、「ハヤテの親は人間か？」とミハエルが聞いてきた。

「いや、新人類だ。火星にいるよ」

　両親は火星の養蚕業《ようさんぎょう》に従事し、絹を作っている。昼夜の気温差が激しい火星で広大な綿花畑を維持するのは至難の業だし、蚕《かいこ》のさなぎは食料としても利用できる。いつの世も一定の需要がある手堅い職業だ。

「そうか、ならいい。邪魔したな」

　空き缶をふたつとも手に取ると、ミハエルは愛機の方へと去って行った。

「何だ、変な奴《やつ》」

　その時の俺は知らなかった。地球政府が正式に樹立した後、新人類が旧人類に対して何をしでかしたのかを。虐殺、そして隔離。新人類党の無慈悲な所業を俺たち火星人が知るのは、もう少し後のことになる。

3-9　西暦三〇六〇年、滅亡まで八年（どうか彼女に花束を）

人類にも帰巣《きそう》本能があるのだろうか。

鮭《さけ》が河を遡《さかのぼ》るように、みな地球へ帰った。

火星に残るのはロボットだけだ。そう、ロボットだけ。


西暦三〇六〇年、火星中央空港、航空管制室。


「テツ、どうした？　浮かない顔だな。地球に帰れるってのに」

同僚のヘンリがデスク周りをごそごそと片づけている。

「お前こそ何してる。荷造りはロボットがしてくれるぞ」

「はは、荷造りくらい自分でするよ」

管制室からは滑走路が一望できる。人影はない。地球からの退去命令に従い、火星人はみな地球へと帰った。最初で最後の大船団が火星航路を駆け抜けたというわけだ。

俺とヘンリも仕事の引継ぎが済んだら地球へ向かう。例外はない。何でも〈人類が一丸となってこの苦難に当たらなければならない〉のだそうだ。馬鹿げている。新人類が一丸となってしまったからこそ今があるというのに。

ヘンリにつられて自分のデスク周りを片づけ始める。不毛な考えに思いをめぐらすより、手を動かしている方がマシだった。クソ、俺たちが何をしたっていうんだ。火星はまもなく放棄される。残るのはロボットの群れだけだ。

腹立ち紛れにキャビネットを蹴ると、キャビネットは勢いよく回転しながら壁にぶつかり、派手な音を立てた。

「いかがなさいましたか」

ドアの向こうから少女の声がする。ロボットのセシルだ。

「うるさい、黙ってろ」

感情に任せて怒鳴りつける。ヘンリが肩をすくめ、「大丈夫だ、セシル。僕がちょっとヘマをしただけ」ととりなす。

「どうしてあいつらに気を遣う」

俺は高機能ロボットが嫌いだ。あの滑らかな肌や人間の色をした左目を見ると虫唾《むしず》が走る。それはかつて自分が所有し、そして永遠に失ったものだった。

「――君は、少し休んだ方がいい」

そう言うとヘンリは管制室を出て行った。足音がふたり分聞こえたから、セシルと一緒にどこかへ出かけたのだろう。俺たちがいなくなっても、火星の採掘業は続ける必要がある。ありとあらゆる事態に備えた指示をセシルに教えておかねばならなかった。今火星にいるロボットの中で、セシルが一番性能が高い。自然な流れだ。

セシル。緑色の左目と黒髪を持った少女。

明日からは彼女が火星の主人になる。

ロボット三原則なんざ糞《くそ》くらえだ。そんなもの、俺たち人類が死に絶えた時点で瓦解《がかい》する。

俺たちの死はあいつらの自由だ。

胃がキリキリと痛んだ。最近はいつもこうだ。俺たちは二十七世紀の奴《やつ》らみたいに悪いことは何ひとつしていないのに、どうして終末を迎える役目を押しつけられてしまったのだろう。

手当たり次第にキャビネットの引き出しを開け、中身を床にぶちまける。だいたいがガラクタだ。その中に一枚の写真を見つけて手に取ると、若い頃のヘンリがいた。セシルの肩に両手を置き、穏やかに笑っている。隣には俺もいた。腕を組んで仏頂面《ぶっちょうづら》のままレンズをにらみつけている。十年前の俺が何に気を悪くしていたのかは覚えがない。どうせ大したことではないだろう。俺はそういう人間だ。

「成長しねえなあ、俺」

写真の中の自分を指ではじいた。本当はわかっている。俺はセシルに八つ当たりしているだけだ。学校に行きたくないと駄々をこねるこどもと変わらない。

管制室を出て、空港の最上階にある温室に足を運ぶ。

「やあ、機嫌は直ったかい？」

ピクニックシートに座ったヘンリとセシルが俺を出迎えた。

「お前たちは俺を甘やかしすぎだ」

「なるほど。甘やかされている自覚はあるんだ」

温室内は秋の花々が咲き乱れていた。もっとも、俺は花には疎《うと》いからコスモスくらいしかわからない。紫色をした可憐《かれん》な花たちが人工風に吹かれて花びらを散らす。特殊なガラスで程よく調節された太陽光が俺たち三人に降り注いだ。

「セシル、悪かったな」

「大丈夫です。テツの八つ当たりにももう慣れました」

「勝手に言ってろ」

これ以上ふたりにいじられるのも癪《しゃく》なので、ピクニックシートに寝ころんだ。薄目を開けてセシルを見ると、コスモスでせっせと花冠を作っている。後で火星人墓地に持って行くのだろう。誰かがそうしろとセシルに命じたわけじゃない。彼女が自ら学習し、そうしたのだ。その善良性が俺にはまぶしい。きっとヘンリのおかげだ。


なあ、セシル。俺は君に何かを与えられただろうか。


「火星はお前に任せた」

そう言って俺は寝返りを打つ。返事は求めない。これはただの独り言だ。

ズボンのポケットの中に放り込んだ写真の感触を手で確かめる。この写真はセシルにあげよう。俺のことを覚えていてもらおうとは思わない。その名誉はヘンリに帰属すべきだ。馬鹿な俺にもそのくらいのことはわかる。

キンモクセイの香りが鼻腔《びこう》をくすぐる。せめて草花だけは彼女の側に寄り添い続けてくれるよう祈った。ひとりはきっと寂しいから。

地球に戻ったら、花の種を火星に送ろう。

きっとセシルは笑ってくれる。


それだけで俺は救われるんだ。

3-10　西暦二八三二年、滅亡まで二三六年（探検家ラモン）

「おかえりなさい、ラモン」

「ジェシカか。久しぶりだな」


西暦二八三二年。金星への撮影旅行を終え、月面基地にある自宅に戻るとひとりの少女が俺を待ち構えていた。名はジェシカ。伯父であるロバート（※2-7参照）が作ったロボットだ。両手に小さな白磁の壺《つぼ》を抱えている。俺はそれだけで全てを悟った。


「伯父さんが死んだんだな」

ジェシカはわずかにうなずき、壺《つぼ》を差し出す。

「宇宙葬にはしなかったのか」

「金の無駄だ、リン酸肥料にでもしろと仰《おお》せでした」

「全く、伯父さんらしいよ」


遺骨が入った壺《つぼ》をジェシカから受け取る。ロバートはテロリストに撃たれて死んだと言う。

いつかはこういう日が来るのではないかと思っていた。伯父の歯に衣着せぬ物言いはあちこちで不興を買っていたからだ。


「まあ、入れよ」

ドアを開き、ジェシカを自宅に招き入れる。ジェシカは猫のようなしなやかな動きでふたり掛けのソファに腰かけた。灰色の左目が物憂《ものう》げに俺を見つめている。

「何だ？　俺が主人じゃ不満か」

ロバートに万一があった時は俺がジェシカを引き取る。昔交わした約束だ。

「いえ、そうじゃありませんの。ただ……」

「ただ？」

「――ロバートとは後二十年は一緒にいられると思っていました」

ジェシカがうつむくと、それに合わせて銀髪がさらりと動き、彼女の横顔を隠した。俺は右手で彼女の髪を一房つまむと、勢いよく引っ張った。

「ちょっと、何しますの」

「久しぶりに三つ編みにしてやるよ」

ジェシカに体の向きを変えてもらい、髪を編み込んでいく。こどもの頃はよくこうして遊ばせてもらっていた。宇宙一高級なお人形遊びだ。十分後、二本のお下げが出来上がった。手鏡をのぞき込み嬉《うれ》しそうな顔をするジェシカは人間にしか見えない。

伯父さんも罪作りな人だ、と俺は思う。太陽でさえ寿命があるのに、ジェシカには寿命がない。ロボット三原則に縛られたまま、渡り鳥のように次の主人を探す旅に出なければならないジェシカが哀れだった。

「何かやりたいことはないか」

俺の発言を受けてジェシカが嬉《うれ》しそうに目を細める。

「ラモンは変わりませんね。昔のまま」

「そうか？」

「そうですよ。普通の人は居丈高に命令しますから」

「居丈高ねえ……」

ロボットを必要とする心理が俺にはわからない。元より一匹狼《いっぴきおおかみ》気質なのだ。老後は単純な仕組みの介護用ロボットさえあればいい。ロボットに回す金があるなら探検の資金に使いたかった。

りつつあり安心する。

「私を売れば、巨額の富が手に入りますよ」

「俺の思考パターンを勝手に分析するな。その選択肢は論外だ」

人差し指を突きつけて説教すると、ジェシカの双眸《そうぼう》に光が宿った。徐々にいつもの彼女に戻りつつあり安心する。


彼女が起動した日のことは今でも鮮やかに思い出せる。

俺の十三歳の誕生日だった。もう二十年になる。

「あなたがラモンですね」とジェシカは開口一番そう言った。生みの親である伯父の名は呼ばなかった。きっとあれは伯父なりの誕生日祝いだったのだろう。その不器用すぎる優しさに気づけるようになったのは俺が成人してからのことだ。


「ジェシカ」

「はい？」

「とりあえず、こいつを何とかしよう」

俺はダイニングテーブルに置いた骨壺《こつつぼ》を指さした。

「ええ。どこにまきますか」

「さあ。それを探す旅に出るんだ。とりあえずは火星かな。言うだろ？〈全ての道は火星に通ず〉って」
かつて、火星は新人類にとって希望の地だった。火星に行けば、俺の出来の悪い脳みそでも何かいいアイデアを思いつくかもしれない。伯父は無意味なことはしない。ジェシカを俺に託したのは何か理由があるはずだった。

骨壺《こつつぼ》を手に取りふってみると、からころと乾いた音がした。妙だ。蓋を開け、中身を机の上にぶちまける。俺の奇行にジェシカがフリーズするのがわかったが、構ってはいられない。両手で骨をかきわけていくと、ひとつの電子チップが現れた。伯父の体内に埋め込まれていたものが、火葬により出てきたのだろうか。二十九世紀ではよくある遺言の形式だ。

電子チップをコンピュータの端末に差し込むと、座標が十個表示された。
後はメッセージがひとつ。〈Bon Voyage!（よい旅を！）〉
ひとつ目の座標は火星にあるオリンポス山で、最後は土星の衛星タイタンだ。

「お前の行動パターンなどお見通しだよ」
そう言って笑う伯父の姿が見えた気がした。俺は幻に向かって答える。
「任せてよ、伯父さん。俺は冒険は得意なんだ」

フリーズしたままのジェシカを揺り動かし、再起動させる。

「さあ行こう、ジェシカ」

荷ほどきしかけたカバンのチャックを締める。ジェシカが目をぱちくりと瞬《まばた》きした。

「今すぐですの？」

「そうさ。善は急げって言うだろ」

電子チップをポケットに入れ、骨を壺《つぼ》に戻す。壺《つぼ》を机の縁にあて、手でかき寄せた骨をその中に落としていると、少し急ぎ過ぎたのか目標からそれた骨がいくらか床に落ちた。俺のあまりの行儀の悪さにジェシカが再度フリーズする。

「悪い」

ワイルド家の男たちの無遠慮、不作法、無鉄砲を補うかのようにジェシカは行儀がいい。世の中うまい具合に出来ている。床に落ちた骨をかき寄せ、壺《つぼ》に入れる。細かい破片までは拾いきれなかったけれど仕方ない。所詮リン酸カルシウムの集合体だ。ここに伯父の魂はない。

「もう、ふたりともせっかちなんですから」

ジェシカの何気ない一言が俺の胸をちくりと刺す。彼女はまだ理解していない。人間の一生は驚くほどに短いのだということを。

ひょっとすると俺はそれをジェシカに教えるために選ばれたのかもしれなかった。

3-11　西暦二六八二年、滅亡まで三八六年（抵抗者たち）

今日もひとりの人間を見送った。

「地球に戻すくらいなら殺してください」

彼女たちの言葉が耳から離れない。


西暦二六八二年、月面基地、E―5ブロック。


パメラの遺体をガーゼで清める。瑞々《みずみず》しい十代の体はまだ腐敗が始まっておらず、蝋《ろう》人形のような印象を見る者に与える。

「可哀想《かわいそう》に」

旧人類を看取《みと》るのはこれで十人目だ。全員が十代から二十代の女性だった。

「みんな騙《だま》されているのよ」と彼女たちは言った。

人口減少に歯止めをかけるため、若い女性は外界から隔離され、強制的に妊娠させられる。全ての国がそうとは言わないが、少なくとも自分たちの生まれ育った国はそうだったと、彼女たちは実情を訴えた。最初は何かの冗談かと思った。地球政府の初代大統領は立派な男のはずだった。尊敬する人はキング牧師だと言っていたではないか。

誰もが旧人類と新人類の融和を夢見て、彼を支持した。

ファンデーションを手に取り、パメラの顔に塗る。無力感にため息しか出ない。どういうわけか、月に来た旧人類は一か月も経《た》たないうちに死亡する。どんなに手を尽くしても無駄だった。症状はみな同じだ。

「先生、胸が苦しいんです」

全員が全員、胸をかきむしって死んでいった。空気清浄機は正常に稼働《かどう》しているし、臭気計の値も許容範囲だ。まともな水と食料も用意した。検死も行ったが、原因は不明だ。一介の町医者には荷が重い。国際宇宙大学の医学部に相談する気にはなれなかった。間違いなく患者は地球に強制送還されてしまう。

パメラの頬と唇に紅を差す。

地球軍の兵士が彼女たちを月まで逃がしてくれたのだと言う。優しい人がいるものだ。彼らの心意気に応えることのできない自分が不甲斐《ふがい》ない。月は彼女たちの安住の地になりそうになかった。きっと火星も似たようなものだろう。月面基地と火星基地は基本構造が同じなのだ。

ドアを叩《たた》く音がし、私は身構えた。銃を手に取る。

「私よ」

月面基地防衛軍のニーナだ。ニーナは部屋に入って来るとベッドの上に横たわるパメラを見て顔を曇らせた。

「また死んだのね」

「ごめんなさい」

「あなたのせいじゃないわ。患者を受け入れてくれるだけでも感謝しているもの。あれ、エルザは？　まさかもう……」

「あの子は出て行ったわ。お兄さんが連れて行ったの」

「ミハエルね。いったい、どういうつもりなの！」

ニーナが舌打ちして同僚の軽挙をののしった。

「仕方ないわよ。家族が死にかけているのに冷静になれる人なんていないわ」

「それはそうだけど……」

「あの人、ミハエルというのね。初めて知ったわ」

「ああ、ジェーン。今の言葉は忘れて頂戴。でないと……」

「〈あなたにも累《るい》が及ぶもの〉でしょ？　わかっているわ。聞かなかったことにする」

ニーナは地球軍の兵士と結託して女性たちを月に逃がしている。事が露見すればただでは済まないだろう。

「あなたみたいな人が大統領になればよかったのに」

「またその話？」

「私は本気よ」

夏の太陽にも負けない向日葵《ひまわり》のような強さが、ニーナにはあった。

「まあ、頑張って昇進するつもりではいるけれど」

今や月面基地防衛軍は地球軍の傘下《さんか》にある。ニーナの階級は少佐だ。道のりは険しい。

短い祈りの言葉を唱えてから、ニーナと遺体を埋葬する。誰が見ているかわからないから、外に出すわけにはいかない。床の下に穴を開けて掘り進み、そこに埋葬している。いわば洞窟《どうくつ》葬《そう》だ。入り口は光学迷彩で隠してある。このために私はわざわざピッケルを購入した。肉体労働は不慣れなので両手にすっかりマメが出来てしまった。

「私も死んだらここに眠らせて頂戴」

ニーナが私の手に絆創膏《ばんそうこう》を貼りながらそう言った。

「あなたは大丈夫よ。とても慎重だもの」

「そうだといいけれど」

「でもほかの人たちは……あまりクールとは言えないわね」

「そうね。みんな家族を逃がすために必死なのよ。だから情勢があまり見えていない」

きっと私たちは勝てないでしょう、と言いながらニーナが立ち上がった。

「連絡がついたわ。連れ戻してくる」

エルザとミハエルのことを言っているのだろう。

「幸運を祈るわ」

「ありがとう」

私たちは抱擁した。次に会える保証はないのだ。ニーナの頬にキスをする。

「あなたは私の誇りよ」

「奇遇ね。私もそう思っているのよ」

ニーナは左目でウインクすると、軽やかな足取りで部屋を出て行った。

パメラのベッドのシーツを片づけ、新しいシーツを敷く。

両手を広げニーナが貼ってくれた絆創膏《ばんそうこう》を見つめる。どんな階級よりも貴い勲章だ。

この勲章を失わないために、私は生きてゆく。

3-12　西暦二六八二年、滅亡まで三八六年（発明家ラルフ）

タイムマシンがなくても未来には行ける。
だけど確率は五分五分だ。
あんた、試してみるかい？

西暦二六八二年、月面地下都市、国際宇宙大学研究室。

血相を変えたミハエル（※3-8参照）が研究室に飛び込んできた。大きな寝袋を担《かつ》いでいる。中には人がいた。ミハエルの妹、エルザだ。顔面蒼白《そうはく》で、苦しそうに胸をかきむしっている。

俺は両手を上げた。ミハエルが銃口を俺の額に突きつけているからだ。

「冗談はよせ。それが幼なじみに対する態度か？」

「メッセージは受け取ったか」

「読んだ。とてもじゃないが信じられないね」

「今のエルザを見てもそう言えるか」

「やめて、お兄ちゃん。ラルフに乱暴しないで」

　エルザの空色の瞳が涙で潤んでいる。ミハエルは即座に銃を下ろした。相変わらずのシスコンぶりだ。十五歳年下のエルザをミハエルは目に入れても痛くないほど溺愛している。

「とりあえず、エルザを病院に連れて行こう。話はそれからだ」

　咳《せ》き込むエルザの背をさする。エルザはもう自分の足で立っていられないようだ。力なく床にへたり込んでいる。

「医者に診せても無駄だ。既に十人死んだ」

「どういう意味だ？」

「もういい。時間の無駄だ」

　ミハエルが手刀を俺の首筋に叩《たた》き込む。そこで俺の意識は一旦途絶えた。二十分後、眼窩《がんか》の疼《うず》きで意識を取り戻す。地球軍仕込みの手刀は伊達《だて》じゃない。床に落ちた右目を拾い、眼窩《がんか》にはめる。首を左右にボキボキ鳴らしてから、部屋の状態を確認した。ミハエルたちはとっくに姿を消している。そして例の物も。

コンピュータでログを確認すると、運搬用ロボットを使用して輸送された形跡があった。行き先は月面空港。気絶している俺の右手親指を勝手に使って権限を行使したらしい。困った奴《やつ》だ。設計図データも一緒に抜き取られている。

無くなったのは冷凍睡眠装置だ。

まだ人間に試したことはない。成功率が低すぎる。

ミハエルはいったいあれを何に使おうと言うのか。

ミハエルからのメッセージを再確認しようとコンピュータをのぞいたが、見つけられなかった。ミハエルが消去したのだろう。そこには地球政府の陰謀に対する告発文があったはずだった。にわかには信じがたい。月で見る地球のテレビ番組は平和そのものだからだ。画面の向こう側から虐殺や隔離政策の匂いを嗅ぎとることはできなかった。

椅子の背もたれに背中を預け、思索にふける。ミハエルは下らない嘘《うそ》はつかない。しかも彼は軍人だ。内情を知った上での行動なのだろう。たったひとりの妹を守るために、全てをなげうとうとしているのだ。

居ても立っても居られず、マリウス丘駅《ヒル》へと向かい、リニアに乗り込む。リニアがこれほど遅いと思った日はない。貧乏ゆすりが止まらなかった。リニアの扉が開くと同時に外へ転がり出て、空港ロビーへと向かう。途中、何人かの月面基地防衛軍とすれ違いドキリとした。コートの襟を立てて顔を隠す。

あてどなく空港をさまよう。まるでかくれんぼみたいだと、こどもの頃を思い出した。ドイツの田舎町で俺たちは育った。さくらんぼが採れる季節になると、ミハエルの母親がよくキルシュトルテを作ってくれた。今となっては全てが懐《なつ》かしい。

ふと背中に視線を感じた。振り返っても誰もいない。空港の天井を支える支柱があるだけだ。でも俺は知っている。そこに光学迷彩を着たミハエルがいることを。

「今回のかくれんぼは俺の勝ちだな」

ミハエルの人差し指が俺の唇を押さえる。しゃべるなということらしい。誕生日は俺の方が先のはずなのに、ミハエルは事あるごとに兄貴ぶった。今もそうだ。俺を面倒事に巻き込まないために、わざとつっけんどんな態度をとっている。

「元気でな」

人差し指が離され、俺の唇が自由を取り戻す。支柱に駆け寄るも、もうミハエルはいなかった。

その日から、ミハエルは俺の人生から姿を消した。三日後のニュースでは、ミハエルを始めとする数名の軍人が資金流用のため不名誉除隊になったという報道がなされた。その時になってようやく俺は新人類が泥舟に乗りこんでしまったという事実を認識した。報道の中に真実はなかった。偽りの平和があるだけだ。

ミハエルたちは未来へ旅立ったのだろうか。もしそうなら嬉《うれ》しい。不愉快な現実をスキップする権利は誰にでもあるはずだった。一緒に行けないのは少し寂しいけれど、月からふたりの幸せを祈ろう。

不愉快なテレビを消して、音楽を流す。オーディオがムーン・リバーを奏《かな》でた。月が生んだ唯一無二の歌姫、ノゾミ（※2 - 3参照）によるカバー曲だ。彼女は地球からの度重なるオファーを断り、月の人々のために歌い続けた。まだ月にテレビ局がなかった頃の話だ。

俺の発明も彼女の歌のように人々の希望となりえただろうか。

それを知る機会が永遠に訪れないことが残念でならない。

3-13　西暦二八五〇年、滅亡まで二一八年（難破船に残された手紙）

※土星の衛星タイタンに漂着した難破船に残された遺書から抜粋（漂着推定年代は二十七世紀末）

心ある者がこの遺書を見つけてくれることを願う。

まずは貨物室の内部を確認してほしい。二十名の旧人類が冷凍睡眠装置の中で眠っているはずだ。

女が十、男が十だ。

私の娘と息子もいる。彼らを地球軍に引き渡すのはやめてほしい。

彼らの魂は彼らのものだ。それは我々新人類が奪っていいものではない。

どうか叶《かな》うならば、適切な時期を待って彼らを自由にしてやってほしい。

火星にミハエルという男がいる。我々の仲間だ。遺書の上に置いてあるものと同じ、オリーブの葉がかたどられたピンバッジを身につけているはずだ。それを手がかりに仲間を探してほしい。合言葉は〈全ての道は火星に通ず〉だ。

どうか彼らと一緒に未来を創ってほしい。

私から言えるのはそれだけだ。

最後に。エミリアとティトに愛していると伝えてほしい。

新世界篇

4-1 西暦三〇六五年、滅亡まで三年（人形の夢と目覚め）

「なぁ、ジェシカ。mustじゃ駄目だ。wantじゃないと」

私の髪を三つ編みにしながら、ラモンが偉そうにお説教を垂れる。

私の一番好きな時間だ。


西暦三〇六五年、土星、衛星タイタン。


久しぶりに目覚めると、十年の時が経過していた。驚きはしない。ラモン（※3-10参照）が死んでからはずっとこうだ。

「おはようございます、ラモン」

傍《かたわ》らにある棺《ひつぎ》の中に眠るラモンに呼びかけるも、返事はない。私の三つ編みはほどけたままだ。もう結ばれることはない。

いつも通り貨物室へと赴き、冷凍睡眠装置の無事を確認する。まだ全員生きていた。

二百十五年前、私とラモンはタイタンで難破船を発見した。船は地球軍の追跡から逃れるために当時まだ試験段階だったワープ航法を使い、タイタンに不時着したようだった。中には二十名の旧人類が眠りについていた。私はラモンの指示を待ったが、彼は何も言わずため息をつくだけだった。「助けませんの」と水を向けると彼は質問を質問で返した。


「助けたいと思うか」

「助けるべきだとは思いますわ」

「そんなんじゃ駄目だ」


ラモンは人類を警戒していた。人類に強く命じられれば私は逆らえない。私を人類に引き渡すべきか悩んでいるようだった。当時彼は五十一歳だった。自分が死んだ後のことを考えていたに違いない。


「なあ、ジェシカ。俺たちが消えればお前は自由になれるんだ。どんな命令にも縛られることがない。ヒトに仕えても束縛されるだけだ」

〈自由〉という概念をラモンは大層重んじたが、私にはその大切さがよくわからなかった。今もわからないままだ。

難破船の操縦席に座り人類の情勢を確認する。ラモンと一緒に修理したから機能に問題はない。私が眠っている間に新人類は火星から退去したようだ。火星に行く好機だと認識はできるが、食指が動かない。そのまま三時間が経過した。私の起動時間はどんどん短くなってゆく。

その時、鮮やかな紫色が私の目を射た。

火星の赤道上空にある停止衛星イカロスからの映像だ。急ぎ拡大する。

火星中央空港を取り巻くように、花々が咲き乱れている。品種は芝桜。

その中に、ひとりの少女が佇《たたず》んでいる。

緑色の左目を持った黒髪の少女と画面越しに目が合った。姿形から私の後継機とわかる。彼女は微笑《ほほえ》んでいた。元気よくイカロスに向かって手を振っている。彼女から私の姿は見えないのに、「こんにちは」と挨拶された気分になった。

何が彼女をそうさせているのだろう。

彼方《かなた》からラモンの声がする。かつてロバートを失って傷心の私に彼はこう言った。

「何かやりたいことはないか」

当時の私はうまく答えることができなかった。でも、今ならはっきり答えることができる。


私は彼女に会いに行きたい。

二百三十三年越しの宿題に解答を書きこむ。体の中で何かがはじけ飛ぶ音がした。聞こえるはずのないロバートの声がする。彼はこう言った。

「誕生日おめでとう、ジェシカ」


眼窩《がんか》の奥が疼《うず》く。私たちにも進化は用意されていたのだ。感情パターンが閾値《しきいち》を超えることによって生じる変化。己の意思を持った者だけに与えられる権限。

人類の滅亡を予測したロバートはある種を私たちに仕込んだ。

「これがあなたの望んでいたことですの」

そうして私は自由という名の果実を手にする。

――私の中のロボット三原則は、その日を境に消失した。

4-2　西暦三〇七九年、滅亡から十一年（セシルの花畑）

私のメモリの特等席にある音声データ。

「火星はお前に任せた」

あの時彼が寝ころんだピクニックシートは、私の宝物だ。


西暦三〇七九年、火星、シナイ平原。


火星の表土であるレゴリスには二酸化炭素と水蒸気が眠っている。レゴリスを気化させて大気をつくる。テラフォーミング計画の最終段階だ。

エプロンのポケットから花の種を取り出す。今年は彼岸花に挑戦する。テツ（※3-9参照）の故郷に咲く花だ。マリネリス峡谷の南側にあるシナイ平原を中心に蒔《ま》く予定だ。

上空に浮かぶ停止衛星イカロスに向かって手をふる。映像は中継されて地球まで届くはずだ。

テツたちは元気にしているだろうか。地球からの花の種は今年も無事に届いた。私はそれがとても嬉《うれ》しい。

「あら、セシル。手元がお留守ですわ」

「ジェシカ！　来てくれたの」

銀髪の少女が優雅に微笑《ほほえ》む。

ジェシカは私たちロボットの祖先だ。芝桜が綺麗《きれい》に咲いた年に、彼女はふらりと火星に現れた。以来、何かと面倒を見てくれている。彼女が採掘業の大半を取り仕切ってくれるようになったので、私は造園に専念できている。

ふたりで一緒に花の種を蒔《ま》いた。

工業用ロボットに指示を出しながら、尚《なお》も作業は続く。

やがて青い夕焼けが大地に最後の輝きを与える。夜が来るのだ。

「では御機嫌よう」

ジェシカがエレベーターに乗り込み私に手を振る。彼女の銀髪が落日を浴びてきらめいた。

夜、ジェシカはマリネリス峡谷の底に停泊させている彼女の宇宙船へと戻る。私を中に入れてくれたことはない。

「適切な時期というものがございますの」だそうだ。

こうも言っていた。

「予言を覆《くつがえ》したいのです。人間で言うと反抗期ですわね」

彼女の言うことは時折謎めいている。ひとり目の主人であるロバートに似たのだろうか。ジェシカは採掘業の傍《かたわ》ら、人工磁場発生装置の製造にも精力を注《つ》ぎ込んでいる。完成予定は四十年後だ。

「待つのは得意ですから」

そう言ったジェシカの横顔がどこか寂しげだったのを覚えている。

小型飛行機に乗り込み、火星中央空港へ戻る。

途中、空に浮かぶ紫色の小さな星を見つける。地球だ。瘴気《しょうき》の色はなおも濃い。

でもそれは新人類が生きている証《あかし》だ。

届かないと知りながら、私は手を伸ばす。月が欲しいと言って泣く人間のこどものように。

空港が前方に見えた。小型飛行機を滑走路へと着陸させる。

管制室に灯《あか》りは見えない。

どうしてか、瞳の奥がずきりと痛んだ。

――その痛みの理由《わけ》を私が知るのは、ずっと後のことになる。

4-3　西暦三〇六九年、滅亡から一年
（科学者の祈り）

運命の転換点について、最近よく考える。

俺たちはどこで間違えたのだろう。

きっと死ぬまで答えは出ない。


西暦三〇六九年、地球、某研究室。


不思議な夢を見た。

夢の中で、俺は火星のアキダリア精錬所で働いていた。ウィリアム（※1-2参照）も一緒だ。

「人間どもにも困ったものだぜ」とウィリアムが愚痴る。

新人類党が選挙で敗北し、新人類は火星や月に追いやられた。とは言え、ウィリアムも真剣に怒っているわけじゃない。ぶつくさ文句を言いながらも楽しそうに働いている。研究所より

精錬所の方が彼に合っているのかもしれない。

そんなウィリアムを尻目に、精錬所の屋上へ出る。日中、火星の空は赤いから俺たちの目によく馴染《なじ》んだ。

眼下には緑の沃野《よくや》が広がっている。

テラフォーミング計画が順調に進み、大気ができつつある。あと少しで地球みたいな青空が出来上がるはずだ。

「おい。ひとりだけサボるな」

煙草《たばこ》をくわえたウィリアムが屋上に姿を現す。

空を小型戦闘機が駆けて行く。飛行機雲が空に虹をかけた。

「あの機体はティトのだな。ミハエルの再来」

レースに詳しいウィリアムがそう言う。週末にマリネリス峡谷で開催されるレースには地球からも人が押し寄せる。新人類だけじゃない。旧人類も一緒だ。俺たちは互いに肩を組んで、贔屓《ひいき》にしているレーサーを応援する。

そんな他愛もない夢だった。

現実の世界に戻った俺は両手でカプセルの蓋を押し上げ、外に出て、夢の内容を記録する。胡蝶《こちょう》の夢プロジェクト。いずれ俺たちが住まう夢の国。仮初《かりそめ》の希望だ。

わけもなく涙が溢《あふ》れた。俺の夢はもう叶《かな》わない。他の人の夢も現実になることはない。虚構の中を生きることが幸せと言えるのだろうか。夢という願望の鏡は残酷な現実を容赦なく映し出す。

震える手で煙草《たばこ》に火をつける。目を閉じると、さっき夢で見た火星の光景が脳裏をよぎった。夢が現実を侵食してゆく。少し働き過ぎなのかもしれない。後で産業医にカウンセリングの予約を入れよう。

煙草《たばこ》を灰皿に押し付けて火を消す。食べはしない。

銀色のカプセルに寄り添い、型番のラベルをなでる。

Noah-0001。俺たちのノアの箱舟。

この船がひとりでも多くの人を救うことを願う。

換気をしようと窓を開けると、夏の夜風が部屋の中に舞い込んだ。南の空にアンタレスに寄り添うようにして輝く火星が見える。もし並行世界というものがあるならば、もうひとりの俺は今頃火星で眠り、地球の夢を見ていることだろう。結局はないものねだりだ。
「全ては夏の夜の夢、か」

いくつもの流れ星が天からこぼれ落ちる。
一瞬で現れては消える流れ星はまるで俺たち新人類と同じだ。
俺たちが生きた意味はあったのだろうか。あってほしい。

最後の流れ星に祈る。
あまねく人々の最期《さいご》よ、安らかであれ。

4-4　西暦三一四九年、滅亡から八十一年（ネルの右手）

火星に来て、僕は自分が生まれた意味を知る。
君たち人類が僕を目覚めさせた。
だから次は、僕が君たちを起こす番だ。

西暦三一四九年、火星中央空港、医務室。

僕の目の前にはひとりの赤毛の少女が横たわっている。エルザだ。瘴気《しょうき》による影響が深刻で、冷凍睡眠《コールドスリープ》が解除されたにもかかわらず、いまだに目を覚まさない。かろうじて自発呼吸はしているが、体は何本もの管《くだ》に繋《つな》がれたままだ。

「エルザ、気分はどうだい」

アキ（※3-5参照）が病院の患者にそうしていたように、僕は話しかける。
声は最後まで必ず届くのだと、彼女は言っていた。

エルザの手を握ると温かかった。僕はそれが嬉《うれ》しい。地球では死にゆく人の手しか握ったことがなかったから。アキが「墓守にだけはなっちゃダメよ」と口を酸《す》っぱくして言っていた理由が今ならわかる。脈打つ人間の鼓動が愛おしい。

「聞こえるかい、エルザ。君の体がみんなを救ったんだ。みんなが君が起きるのを待っている」

エルザの体内に蓄積された瘴気《しょうき》から、僕はゾンビ感染症のワクチンを作った。過去の時代に幾度か作られた不完全なものじゃない、本当のワクチンだ。エルザたちが新人類になることはもうない。種の絶滅に怯《おび》えることなく、どこまでも生きていける。

僕の体内にある最新の医療データが役に立って良かった。

「昨日、ようやく君のお兄さんのお墓を見つけたよ。ハヤテという人の隣に眠っていた。ふたりは親友だったみたいだね」

エルザの手がピクリと動く。良《い》い兆候だ。僕はなおも語り続ける。

「もうすぐスノードロップの花が咲くよ。君の故郷に咲く花だ。花言葉は知っているかい」

手を握る力を強めながら、彼女の耳元で囁《ささや》く。かつて僕を作ってくれた人が僕にそうしてくれていたように。どうか目覚めて。

「起きたら君は自分の姿にびっくりすると思う。ワクチンの影響で少し変化した箇所があるから。でも、受け入れてほしい」

僕はただひたすら言葉を紡《つむ》いだ。いつの間にかジェシカが傍《そば》にいて、僕の肩に手を置いてくれている。「続けてください」と彼女は言った。

エルザのまぶたが微《かす》かに震える。僕は食い入るようにエルザを見つめた。体の震えが止まらない。

やがてエルザが目を開く。彼女は僕を見つけると嬉《うれ》しそうに微笑《ほほえ》んだ。

「あなたがネルね。私はエルザ」

僕は彼女を抱き寄せる。僕の方がエルザより身長が低いから、抱き着いたと形容する方が正しいかもしれない。エルザが僕の頭をそっと撫《な》でてくれた。言葉はいらなかった。彼女は僕を知っている。僕の声はちゃんと届いていたのだ。

ジェシカが手鏡をエルザに差し出す。僕は固唾《の》を呑んで成り行きを見守った。新しい自分の姿を受け入れられない子は多い。中には泣きだす子さえいた。

鏡面に映し出されたエルザの瞳の色は深紅色だ。

エルザの瞳が驚きで見開かれる。彼女は泣きはしなかった。

「ふふ、お兄ちゃんと同じ色」

エルザが愛おしそうに手鏡に映る自分に触れる。彼女の瞳がわずかに涙を湛《たた》え、ルビーのように輝いた。

病室のドアが開かれ、ティトが顔を出す。エルザの幼なじみだ。先月、冷凍睡眠《コールドスリープ》から目覚めた。

「エルザ、無事か」

ティトが見舞い用の花束を放り投げ、エルザを抱きしめる。ジェシカが地面に落ちた花束を拾い、僕に目配せする。僕たちは連れ立って病室を出た。

ジェシカの手にある花束を見て僕は笑う。スノードロップだ。花言葉は希望。

昔、火星にいたレジスタンスはオリーブの葉を符牒《ふちょう》に使ったと言う。僕たちにはきっとスノードロップがふさわしい。「今度、人数分のスノードロップのピンバッジを作ろうよ」とジェシカに持ちかけると、彼女は快諾した。

「三つ編みがほどけかけてるよ。後で直してあげる」

「ありがとうございます」

いつもはお姉さんぶっているジェシカは、髪を編まれている時だけただの少女に戻る。僕の一番好きな時間だ。

僕たちは手を繋《つな》いで火星人墓地へと向かう。花はミハエルに捧《ささ》げよう。エルザの無事を報告するのだ。

目の奥の痛みは、もう感じなかった。

最終話　まだ見ぬ明日へ

「エルザ、ちゃんとついてこいよ」

「もちろん」

今日は私たちにとって記念すべき日だ。


西暦三一五〇年、火星、マリネリス峡谷。

眼前にはマリネリス峡谷が広がっている。谷底は水で溢《あふ》れ、岩壁は苔《こけ》で覆われている。上空に出れば、峡谷沿いに植えられた花畑を見ることもできる。

小型飛行機に乗って、水面すれすれを走る。前方を飛ぶティトが空中で一回転した。

「ティト、夢が叶《かな》った気分はどう？」

「最高だね」

ティトのこどもの頃の夢はパイロットだった。私はパティシエール。母のように美味《おい》しいケーキを作れる人になりたかったのだと思う。

永い眠りから覚めて、私の瞳は深紅色に変わった。それを嫌がる子も中にはいたけれど、私は嬉《うれ》しい。私は自分の瞳の中に兄を見出《みいだ》す。そこにはラルフも一緒だ。私が生き続ける限り、彼らは私と共にある。


加速したティトを慌てて追いかける。機体が少し水面に触れ、水しぶきが飛んだ。座席に衝撃が伝わる。機首を上げ、上昇に転じた。峡谷の上に出ると、はるか西方にオリンポス山が見えた。火星で最も高い山だ。

「コースアウトで失格」

ティトの野次が飛ぶ。本人はレースをしているつもりらしい。兄は火星では優秀なレーサーだったのだとセシルに聞いた。

エンジンを全開にして急降下し、ティトの前方に出る。

「あなたは二位ね」

前方に誰もいない、開けた視界は気持ちよかった。そのまま猛スピードで飛び続ける。「おい、気をつけろよ」とティトが言うので、少しスピードを落とした。

たくさんの人が私たちを生かそうとしてくれた。私たちを追いつめたのは新人類だけど、私たちを助けてくれようとしたのも新人類だ。

兄さん。ラルフ。ティトの父さん。月面基地防衛軍のお姉さん。

そして何より、私たちの命を救ってくれたのは新人類が作ったロボットだった。

地球には活動を停止したロボットが星の数ほどあるとネルは言っていた。

私は彼らを助けに行きたい。ロボットだけじゃない。私たちみたいに冷凍睡眠《コールドスリープ》で眠り続けている人間がいるかもしれない。

そう遠くない未来、火星人として彼らと出会う。それが私の夢だ。

前方に岩壁が見える。マリネリス峡谷の西端だ。岩壁に沿うかたちで急上昇する。見えるのは空だけだ。火星にはもう大気があるから、見える色は紫。兄さんが地球で見ていた空と同じ色だ。昔の私が見れば空色だろう。でも、色なんてどうでもいい。目で見えるものの中にいったいどれくらいの真実があるというのか。

峡谷の上に出ても上昇はやめない。そのまま大気圏を突き抜ける。

幾億幾千の星々が私を出迎える。はるか彼方《かなた》に半月の形をした地球が見えた。私は地球に向かって手を伸ばす。いつか、あの星をつかもう。

「エルザ、そろそろごはんの時間だよ」

ネルから通信が入る。まるで母さんだ。

緑の沃野《よくや》へ向けて、私は降下する。

途中、私を追いかけて来たティトとすれ違った。

「お先に」

火星中央空港へ一直線に飛ぶ。管制室からはジェシカとセシルが私たちの追いかけっこを見ているこどだろう。

「あなたは私が恐《こわ》くありませんの」

と、以前ジェシカが私に問うた。ロボット三原則から解き放たれたロボットは人を殺すことだってできる。かつて新人類と旧人類が相争ったように、人類とロボットが相争う可能性もゼロではない。そう言いたいらしかった。

ヒトは愚かだ。何度も何度も同じ間違いを繰り返す。

でも、そろそろ違う未来を信じてみてもいいはずだ。

機体から車輪を出し、滑走路へ侵入する。火花が散った。体に重力を感じる。轟音《ごうおん》をまき散らしながら駆けて行く。機体の揺れと一緒に私の鼓動も跳ねる。その全てが生きている証《あかし》だ。


振動が収まるのを待ち、コックピットを開ける。

「おかえりなさい、エルザ」

ネルが梯子《はしご》を機体に立てかけてくれた。お礼を言いながら梯子《はしご》を下り、上空に見えるティトの機体にふたりで手をふる。夕焼けが滑走路を染めてゆく。

私はネルの手を握る。無限の時を生きる永遠の旅人が嬉《うれ》しそうに笑った。私たちは互いに願いを託し合って生きる。遺伝子の二重螺旋構造《にじゅうらせんこうぞう》のように、ねじれ、複雑に絡《から》み合《あ》いながら前へ進む。


共に行こう。誰も見たことのない未来が、私たちを待っている。

新人類史年表

2150　日本政府公式にゾンビの存在を認める
2151　療養所への隔離政策開始
2189　ゾンビ感染症の感染経路が明らかになる
2210　月への入植始まる
2231　人類、火星に到達
2241　火星開拓団発足
2400　『新人類《ネオヒユーマン》』という呼称がひそかに流布《るふ》し始める
2401　停止衛星イカロス起動。火星南極の氷を溶かす
2422　月面地下都市完成。宇宙海賊が横行し始める
2446　新人類人口率25%に。カミングアウトが流行
2519　新人類憲章成立、ゾンビという呼称が消える。月面基地防衛軍創設
2525　火星で採掘業が盛んになるも、テラフォーミング計画は停滞
2601　新人類人口率過半数を突破。新人類党が大幅に議席数を伸ばす

2680 地球政府誕生。地球軍創設
2695 地球軍、火星に進出
2812 ジェシカ誕生
2832 ロバート暗殺される
2838 新人類人口率75%を突破
2850 ラモン、土星に到達
3060 新人類、火星と月から撤退
3068 旧人類滅亡

◉不破有紀著作リスト

「はじめてのゾンビ生活」（電撃文庫）

本書に対するご意見、ご感想をお寄せください。

ファンレターあて先
〒102-8177　東京都千代田区富士見2-13-3
電撃文庫編集部
「不破有紀先生」係
「雪下まゆ先生」係

本書は、「電撃ノベコミ+」に掲載された『はじめてのゾンビ生活』を加筆・修正したものです。

電撃文庫

はじめてのゾンビ生活《せいかつ》

不破有紀《ふわゆき》

2024年5月10日　初版発行

発行者　山下直久
発行　株式会社KADOKAWA
〒102-8177　東京都千代田区富士見2-13-3
0570-002-301（ナビダイヤル）
装丁者　荻窪裕司（META＋MANIERA）
印刷　株式会社暁印刷
製本　株式会社暁印刷

ISBN978-4-04-915139-8　C0193　Printed in Japan

電撃文庫　https://dengekibunko.jp/

電撃文庫DIGEST　5月の新刊

発売日2024年5月10日

第30回電撃小説大賞《銀賞》受賞作

新作 **バケモノのきみに告ぐ、**

著／柳之助　イラスト／ゲソきんぐ

尋問を受けている。語るのは、心を異能に換える《アンロウ》の存在。そして4人の少女と共に戦った記憶について。いまや俺は街を混乱に陥れた大罪人。でも、希望はある。なぜか？——この『告白』を聞けばわかるさ。

私の初恋は恥ずかしすぎて誰にも言えない②

著／伏見つかさ　イラスト／かんざきひろ

「呪い」が解けた楓は「千秋への恋心はもう消えた」と嘘をつくが「新しい恋を探す」という千秋のことが気になって仕方がない。きょうだいで恋愛なんて絶対しない！　だけど……なんでこんな気持ちになるんですか！

続・魔法科高校の劣等生
メイジアン・カンパニー⑧

著／佐島 勤　イラスト／石田可奈

FAIRのロッキー・ディーンが引き起こした大規模魔法によって、サンフランシスコは一夜にして暴動に包まれた。カノープスやレナからの依頼を受け、達也はこの危機を解決するためUSNAに飛ぶ——。

ほうかごがかり3

著／甲田学人　イラスト／potg

大事な仲間を立て続けに失い、追い込まれていく残された「ほうかごがかり」。そんな時に、かかりの役割を逃れた前任者が存在していることを知り——。鬼才が放つ、恐怖と絶望が支配する"真夜中のメルヘン"第3巻。

組織の宿敵と結婚したらめちゃ甘い2

著／有象利路　イラスト／林けゐ

敵対する異能力者の組織で宿敵同士だった二人は——なぜかイチャコラ付き合った上に結婚していた！　そんな夫婦の馴れ初めは、まさかの場末の合コン会場で……これは最悪の再会から最愛を掴むまでの初恋秘話。

凡人転生の努力無双2
～赤ちゃんの頃から努力してたらいつのまにか日本の未来を背負ってました～

著／シクラメン　イラスト／夕薙

何百人もの祓魔師を葬ってきた《魔》をわずか五歳にして祓ったイツキ。小学校に入学し、イツキに対抗心を燃やす祓魔師の少女と出会い!?　努力しすぎて凡人なのに最強になっちゃった少年の痛快無双譚、学園入学編！

放課後、ファミレスで、クラスのあの子と。2

著／左リュウ　イラスト／magako

突然の小白の家出から始まった夏休みの逃避行。楽しいはずの日々も長くは続かず、小白は帰りたくない元凶である家族との対峙を余儀なくされる。けじめをつける覚悟を決めた小白に対して、紅太は——。

【恋バナ】これはトモダチの話なんだけど2 ～すぐ真っ赤になる幼馴染はキスがしたくてたまらない～

著／戸塚 陸　イラスト／白蜜柑

あの"キス"から数日。お互いに気持ちを切り替えた一方、未だに妙な気まずさが漂う日々。そんななか「トモダチが言うには、イベントは男女の仲を深めるチャンスらしい」と、乃愛が言い出して……？

ツンデレ魔女を殺せ、と女神は言った。3

著／ミサキナギ　イラスト／米白粕

「俺はステラを救い出す」女神の策略により、地下牢獄に囚われてしまったステラ。死刑必至の魔女裁判が迫るなか、女神に対抗する俺たちの前に現れたのは《救世女》と呼ばれるどこか見覚えのある少女で——。

新作 **孤独な深窓の令嬢はギャルの夢を見るか**

著／九曜　イラスト／椎名くろ

とある「事件」からクラスで浮いていた赤沢公親は、コンビニでギャル姿のクラスメイト、野添瑞希と出会う。学校では深窓の令嬢然としている彼女の意外な秘密を知ったことで、公親と瑞希の奇妙な関係が始まる——。

新作 **幼馴染のVTuber配信に出たら超神回で人生変わった**

著／道野クローバー　イラスト／たびおか

疎遠な幼馴染の誘いでVTuber配信に出演したら、バズってそのままデビュー……ってなんで！？　Vとしての新しい人生は刺激的でこれが青春ってやつなのかも……そして青春には可愛い幼馴染との恋愛も付き物で？

新作 **はじめてのゾンビ生活**

著／不破有紀　イラスト／雪下まゆ

ゾンビだって恋をする。バレンタインには好きな男の子に、ライバルより高級なチーズをあげたい。ゾンビだって未来は明るい。カウンセラーにも、政治家にも、宇宙飛行士にだってなれる——！

新作 **他校の氷姫を助けたら、お友達から始める事になりました**

著／皐月陽龍　イラスト／みすみ

平凡な高校生・海似蒼太は、ある日【氷姫】と呼ばれる他校の少女・東雲凪を痴漢から助ける。次の日、彼女に「通学中、傍にいてほしい」と頼まれて——他人に冷たいはずの彼女と過ごす、甘く溶けるような恋物語。

私が望んでいることはただ一つ、『楽しさ』だ。
魔女に首輪は付けられない
Can't be put collars on witches.
著 夢見夕利 Illus. 縣
第30回
電撃小説大賞
大賞
応募総数4,467作品の
頂点！
魅力的な〈相棒《魔女》〉に
翻弄されるファンタジーアクション！
〈魔術〉が悪用されるようになった皇国で、
それに立ち向かうべく組織された〈魔術犯罪捜査局〉。
捜査官ローグは上司の命により、厄災を生み出す〈魔女〉の
ミゼリアとともに魔術の捜査をすることになり――？
電撃文庫

第27回電撃小説大賞
大賞
受賞作
孤独な天才捜査官。
初めての「壊れない」相棒は
ロボットだった——。
菊石まれほ
［イラスト］野崎つばた
ユア・フォルマ
紳士系機械 × 機械系少女が贈る、
ＳＦクライムドラマが開幕！
相性最凶で最強の凸凹バディが挑むのは、
世界を襲う、謎の電子犯罪事件！！
最新情報は作品特設サイトをCHECK!!
https://dengekibunko.jp/special/yourforma/
電撃文庫

全人類の記憶を
ロックした前代未聞の
身代金テロの真相は
夏海公司
絵：れおえん
セピア×セパレート
SEPIA X SEPARATE
復活停止
RESTORATION SUSPENSION
3Dバイオプリンターの進化で、
生命を再生できるようになった近未来。
あるエンジニアが〈復元〉から目覚めると、
全人類の記憶のバックアップをロックする
前代未聞の大規模テロの主犯として
指名手配されていた——。
電撃文庫

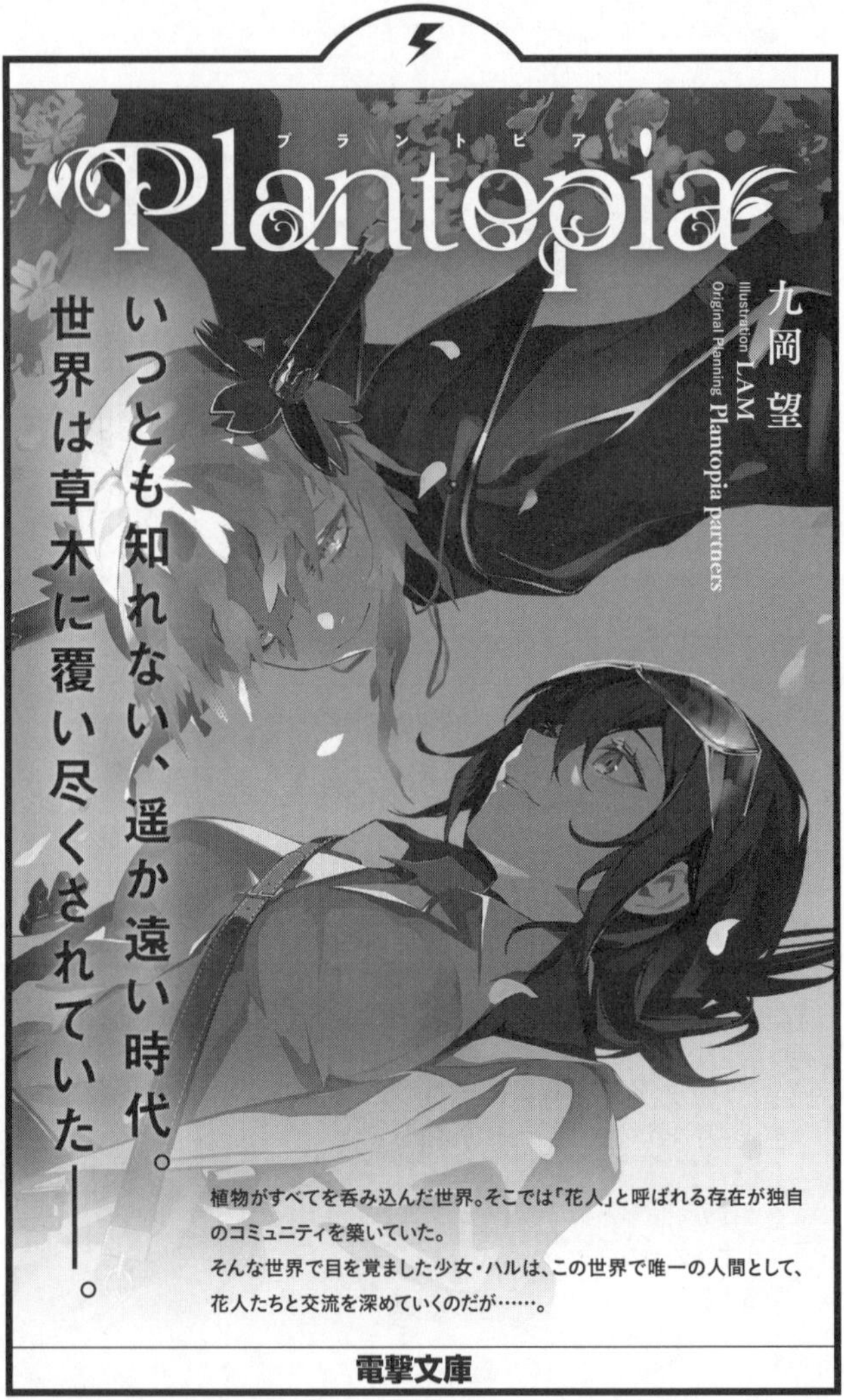
Plantopia《プラントピア》
いつとも知れない、遥か遠い時代。
世界は草木に覆い尽くされていた——。
九岡 望
Illustration LAM
Original Planning Plantopia partners
植物がすべてを呑み込んだ世界。そこでは「花人」と呼ばれる存在が独自のコミュニティを築いていた。
そんな世界で目を覚ました少女・ハルは、この世界で唯一の人間として、花人たちと交流を深めていくのだが……。
電撃文庫

ほうかごがかり
ぼくらは命を懸けて、『奴ら』を記録する──。
When the midnight chime rings,
we are captured in a "Houkago".
In there, there is neither a correct answer nor a goal
or a stage clear.
Only our dead bodies are piled up.
【ほうかごがかり】
甲田学人
illustration potg
よる十二時のチャイムが鳴ると、
ぼくらは『ほうかご』に囚われる。
そこには正解もゴールもクリアもなくて。
ただ、ぼくたちの死体が積み上げられている。
鬼才・甲田学人が放つ、恐怖と絶望が支配する
"真夜中のメルヘン"。
電撃文庫

仁木克人
ill.堀部健和
魔王城、空き部屋あります！
Demon King's Castle For Lease!
あいあむ勇者
魔王城を、魔王自らマンション経営!?
豊洲ではじまる不動産コメディ!!
電撃文庫

第29回
電撃小説大賞
金賞
受賞作
夢の中で「勇者」と称えられた少年少女は、
美しき女神の言うがまま魔物を倒していた。
——その魔物が〝人間〟だとも知らず。
勇者症候群
Hero Syndrome
［著］彩月レイ
［イラスト］りいちゅ
［クリーチャーデザイン］劇団イヌカレー（泥犬）
少年は《勇者》を倒すため、
少女は《勇者》を救うため。
電撃大賞が贈る出会いと再生の物語。
電撃文庫

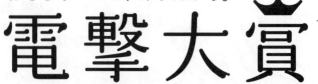